ミシェル・ウエルベック
わが人生の数か月
2022年10月―2023年3月

木内尭＝訳

Michel Houellebecq
Quelques mois dans ma vie
Octobre 2022 – Mars 2023

河出書房新社

わが人生の数か月

2022年10月—2023年 3 月

2022

二〇二二年の最後の三か月間、私にとってメディアで最も大きく報じられた出来事は――ただし最もゆゆしき出来事ではない――雑誌「フロン・ポピュレール」特別号でのミシェル・オンフレとの対談によって引き起こされた論争だった。私が思うに、それは重大な争点を含む論戦というより、イスラム教徒相手のいつものつまらないケンカの繰り返しだった。子供じみた言葉をあえて使うのは、これらの諍《いさか》いの何よりもまず愚かな点を強調するためだ――私もこの愚かさに大いに責任があることは、躊躇《ちゅうちょ》なく認めよう。

最初の一件については、特にそうだ。二〇〇二年、つまり『プラットフォーム』刊行の翌年、雑誌「リール」のインタビューが原因で、裁判になった。間違いなく、私が第一に責められるべきであり、私のいくつかの言葉からは敵意がにじみでているが、それは私が実際にはけっして感じることのないものである。しかし、「人種的憎悪の扇動」という理由で私を起訴するのも、やはり適切ではない。不愉快で何の役にも立たず、それに何と言ってもまったくの的外れだ。周知のように、イスラム教は人種ではなく、世界中の至るところ、この上なく多様な民族に広まっている宗教である。

イスラム教が人種でないだけではなく、イスラム主義も人種ではないが、『プラットフォーム』のテロを細部に至るまで想起させる、バリ島の凄惨なテロが起こる前は、そのことはあまり知られていなかった。

私の唯一の言い訳は——ただし取るに足らないものではない——この対談を読み返さなかったことだ。口頭の対談では何を言ってもいいし、そうすることがしばしば必要ですらある。少なくとも、自分の主張を明確にする前に、極端な主張、さらには矛盾した主張を述べる必要がある人たちにとっては。言ってみれば、こうした人たちは、最初にどのような言説がありうるかを探索することを必要としている。私は明らかにこうした人たちの一人だ。

愚かさの三つ目の原因は争いの発端に現れた。ただしそれは愚かさというよりも悪意だった。ピエール・アスリーヌ〔作家・ジャーナリスト。当時、文芸誌「リール」の編集長を務めていた〕の悪意に満ちた論説がなければ、事件はけっして起こらなかった。ピエール・アスリーヌはずっと前から私を執拗《しつよう》に憎んでいて、その憎悪の念はあまりにも激しく、原因を突き止めるのをあきらめてしまった。彼が発行人として被告人席にいるのを見て、サソリの有名な寓話を思い出した。増水した川の真ん中で、サソリは自分を運んでくれているカバの背を刺し、相手だけでなく自分も、確実に死ぬ運命へと追い込む。要するに、彼は私と同じくらいかそれ以上に、そこにいるのに値すると思った。

　二つ目の事件は、二〇一五年、私の小説『服従』の刊行後に起こった。今度は愚かだったのは、私ではない。これまで徹底して主張してきたように、そしていまもその考えは変わっていないが、『服従』はいかなる場合にも、「イスラム嫌悪」の小説ではないし、いかなるイスラム団体の宗教担当者もそのような非難はしていない。したがって、愚かだったのは、イスラム教徒でもない。愚かだったのは、私を絶えずつけ回しているメディアの阿《あ》呆《ほう》どもである。愚かさゆえか、悪意ゆえか？　ピエール・アスリーヌは不愉快きわまる男だが、少なくとも根っからの馬鹿ではない。アリ・バドゥ[*1]のような他の連中については、明言できない。ケース・バイ・ケースで考えるしかないだろう。

『服従』はイスラム嫌悪の小説ではないが、その代わりに間違いなく、徹底して曖昧《あいまい》な小説であり、最後の一文はその曖昧さを極限まで押し進めている。私に対してこれまでなされた文学的な賛辞で最も注目すべきもののひとつは、エマニュエル・カレール〔作家。『服従』刊行時、「ル・モンド」に書評を寄稿した〕によるものだ。彼は「ぼくは何も後悔しないだろう」という最後の一文を、『一九八四年』〔ジョージ・オーウェルの小説〕を締めくくる、「彼はいま、〈ビッグ・ブラザー〉を愛していた」と比較している。実際、「ぼくは何も後悔しないだろう」は、同じ確からしさで「ぼくはすべてを後悔するだろう」を意味していると考えることもできる。この「すべて」は、ユイスマンスが成功し、一世紀後にその注釈者が失敗した、カトリック信仰への回心ではない。このすべては、彼が失ったユダヤ人の恋人ミリアムである。失われた愛というテーマ、自らの過ちで愛を永遠に失ってしまったことへの後悔というテーマを、私は次の小説『セロトニン』で、より悲痛な形で再び取り上げることになるだろう。

　今度は私が本題から逸《そ》れてしまった。自分のことを話し過ぎた。ミシェル・オンフレとの対談に話を戻すと、グランド・モスケ・ド・パリ〔パリ五区にあるモスク〕の院長に非難された文章を読み返して、困惑したことを認めなければならない。なぜなら、今回は間違いなく、この対談を読み直していたからだ。たしかに、並外れて長い対談であり、注意散漫になっていた箇所もあるだろう。だがそれは理由にはならない。イスラム教に対する過去の失敗を考えるなら、これらの文章には特段の注意を払うべきだった。

私は困惑していたが、何をどうすればいいかわからなかった。そんなとき、フランスの大ラビであるハイム・コルシアが会見をできるように取りなしてくれたのだ。私の考えでは、ユダヤ人コミュニティの宗教責任者だけが、このような使命を果たすことができた。解き明かすのをあきらめたいくつかの理由から、私はユダヤ人コミュニティの責任者しか信頼できないという気がしていた。

私はどこかで、いつもの習慣から、非難された箇所は曖昧だと述べた。一つ目の箇所については、残念ながら、もっとひどいものだった。それは、あまりにも拙速、あまりにもいい加減で、単純に間違っていて、馬鹿げてすらいた。問題の箇所をここに転載する。というのは、ぜひともそうする必要があるからだ。

＊1 （7頁）ジャーナリスト・テレビ司会者。『服従』刊行時、この小説を読んで「吐き気を催した」とテレビ番組で述べ、作家の「イスラム嫌悪」を厳しく批判した。

「私が思うに、いわゆる〝生粋〟のフランス国民の願い、それはイスラム教徒が同化することなどではなく、単に彼らが自分たちから盗んだり、自分たちに暴力を振るったりするのをやめること、要するに、法を守り、自分たちを尊重することである。あるいは、他の良い解決策として、彼らが国に帰ることだ」

　グランド・モスケ・ド・パリの院長がこの文章を読んで、「イスラム教徒は全員泥棒だと言っている」と理解したのは、当然のことだ。私は心から後悔しており、この文章によって感情を害したすべてのイスラム教徒に――それはつまりほぼすべてのイスラム教徒かもしれない――謝罪する。これは私が考えていたことではなく、私はほとんど逆のことを考えてすらいた。したがって、ためらうことなくこの馬鹿げた文章を否定し、次の文章に置き換えたいと思う。

「私の考えでは、大半のいわゆる〝生粋〟のフランス国民の願いは、何よりもまずイスラム教徒が同化することではない。自分たちの安全がイスラム教徒に脅かされていると感じることがなくなれば、ヴェール、ブルキニ、ハラール食品などの話は、まったくどうでもいいと思うだろう。ここには熟慮とは無縁の現象がある。じっくり考えさえすれば、これらの〝生粋のフランス人〟たちも、信仰の熱心な実践は、それがどんな宗教であれ、犯罪とは相容れないものであり、それらはまったく異なる二つの人生の選択だと気づくだろう。しかし、恐れを抱いたとき、人はじっくりと考えない。彼らが経験的に知っていること、それはイスラム教徒が多い地域は犯罪者が多い地域でもあるということだ。そのため、理の当然として、彼らはこれらの地域を避ける傾向にある。どうすればいいのか？　私には何もわからない。イマームは説教をするとき、イスラム教では麻薬取引は合法ではないと十分に強調しているのだろうか？　私は知らない。彼らの説教に効果はあるのだろうか？それも私は知らない。私が知っていること、あるいはとにかく私には明白であると思われること、それは私たちが相手にしているのは、宗教の問題ではなく、ごく単純に犯罪の問題であるということだ。二十五年以上前、ラジオパーソナリティのモーリスがスカイロック〔若者向けのラジオ局〕で、いわゆる〝脆弱《ぜいじゃく》な〟郊外を取り上げた番組を改めて聴いてみればいい——いくつかはインターネットで聴くことができる。番組は少しも古びておらず、イスラムはいっさい問題になっていない。〝イスラム〟という言葉をあちらこちらに付け足すことで、モーリスがこの上なく明快に扱っていた問題が、不明瞭なものになっている。生粋であろうがなかろうが、フランス人が求めていること、要求すらしていること、それは外国人犯罪者が実際に国外退去させられることであり、広く言って、いわゆる〝軽犯罪者〟

も含めて、司法が犯罪者により厳しく対処することだ。今よりもずっと厳しく」

　疑問符で終わっている文が、院長に難しい問題を提起していることは、私もよくわかっている。イスラムという宗教では、何よりもまず人間とその創造主の関係が重要であり、いかなる聖職者もこの関係に干渉する実質的な権利を持たない。彼はこの点でははっきりとしていた。私が異なる文化に属しており、この文化を特徴づけるカトリシズムには聖職者がいて、その垂直構造は教皇の無謬性《むびゆうせい》の教義とともに不条理の域にまで達していることも、彼はよく理解していた。場合によっては、こうしたことは解決不可能な状況を導くこともあるが、私がここで関わっているケースではその恐れはない。結論を繰り返そう。問題はイスラムではなく犯罪だ。最終決定権はここでは司法にあり、市民は司法が仕事をするのを待つだけだ。

　二つ目の箇所はもっと長く、そのほとんど当然の結果として、それほど愚かなものではなかったが、残念なことに、より不確かで、より憂慮すべき問題に行き当たっていた。まず、元の文章を転載する。

「レコンキスタ、本当のレコンキスタが始まったとき、スペインは本当にイスラム教徒の支配下にあった。私たちは正確にはまだその状況にない。現時点で確認できること、それは人々が戦闘の準備をしていることだ。人々は銃を入手し、射撃場で訓練を受けている。こうしたことをしているのは向こう見ずな連中ではない。全領土がイスラム主義者の支配下に本当に陥るとき、そのときは抵抗運動が起こると思う。モスクやイスラム教徒が出入りするカフェでテロや銃撃が、要するに逆バタクラン[*1]が起こるだろう。イスラム教徒は蠟燭《ろうそく》や花束を供えるだけでは満足しない。そうすると、事態は急展開を見せるかもしれない。〝将軍たちの手紙〟[*2]への反応で最も注目すべきもののひとつ、それはやはり、近い将来に内戦が起こると考えているフランス人の割合だ」

この文章をイスラム教徒に対するテロへの呼びかけと見なすことができるのは、エドウィ・プレネル[*3]のような、意地の悪い、狡猾な人間だけだ。当然、それは事実ではないが、

＊1　バタクランはパリ十一区にある劇場。二〇一五年十一月のパリ同時多発テロ事件の際、イスラム過激派によって襲撃された。

＊2　二〇二一年四月に保守系週刊誌「ヴァルール・アクチュエル」に掲載された退役軍人による公開書簡を指す。

＊3　政治ジャーナリスト。「フロン・ポピュレール」特別号の刊行時に、ウエルベックの発言は「テロリズムの賛美」に当たると自身のツイッターで批判した。

この文章はその代わりに、私が「近い将来に内戦が起こると考えているフランス人」に属していることを否定しがたく示しているように見える。それもまた事実ではない。そのことを説明しようとしたのが、以下の訂正文である。

「もし全領土がイスラム主義者の支配下に本当に陥ったとしたら、抵抗運動が起こると思う。モスクやイスラム教徒が出入りするカフェでテロや銃撃が、要するに逆バタクランが起こるだろう。イスラム教徒は蠟燭や花束を供えるだけでは満足しないだろう。そうすると、事態は急展開を見せるかもしれない。例の〝将軍たちの手紙〟への反応で最も注目すべきもののひとつ、それはやはり、近い将来に内戦が起こると考えているフランス人の割合だ。私としては、現在、条件が揃っているとは思わない。まず、警察が特定の地域に実際に立ち入れないようになる必要がある。しかし、そのような事実はない。彼らは苦労しており、時には非常手段を用いなければならないこともあるが、目的は達成できている。次に、軍隊もその地域に立ち入れないようになる必要があるが、今のところ、そんなことはありそうもないと、私には思われる。最後に、サラフィー主義の中でもきわめて少数派であるジハード派が、多数派である静寂派の勢力を上回る必要がある。以上のことから、フランスでの内戦は現時点ではとても考えられないと、私には思える。しかしながら、奇妙だが一貫した歴史の教訓を忘れてはならない。つまり、歴史を作るのは多数派ではなく、決然として暴力も厭《いと》わない少数派である。フランス革命が始まったとき、山岳党の過激分派が他の勢力を圧倒し、恐怖政治を開始すると予見させるものは何もなかった。ロシア革命が始まったとき、ボリシェヴィキが権力を掌握し、強制収容所の建設を直ちに開始すると予見させるものは何もなかった。もちろん、現在の状況との比較は馬鹿げているように見える。物事はまったく同じようにはけっして繰り返さない。ロシア革命はフランス革命のように進まなかったし、イラン革命もまた違った。いずれにせよ、過激主義の少数派の危険をけっして過小評価してはならない」

グランド・モスケ・ド・パリの院長はこの訂正文をとても好意的に受け取ってくれた。というのは、結局のところ、彼は間違いなく穏健な多数派に属しているからである。彼はそのために失敗し、過激主義の少数派の一員によって殺害される可能性すらあると、私は予想している。そうは言っても、彼の失敗やましてやその殺害を避けられないものとはまったく考えていない。過去の過ちを検討することによって、過ちが繰り返されるのを避けることができるはずだと、私は考えつづけているが、今日のいかなる歴史家もこれらの過ちの共通の原因を探るのに必要な知的水準を持っていないのではないかと、憂慮している。

過ちが繰り返されることを、私は危惧しつづけている。

エドウィ・プレネルの話に少し戻ると、こいつの話をするのはこれが最後だと願っているが、皮肉なのは、このゲス野郎がロベスピエール派の勝利やその後のボリシェヴィキの勝利を過ちや誤りとはおそらく考えていないことである。

作家の虚栄心という点で残念に思っているのは、対談の別のある箇所があまり話題にならなかったことだ。その箇所で私はアイルランドに最後住んでいたときのパキスタン人の隣人を描いている。この隣人は穏健派のサラフィー主義者で、娘たちの貞操を当然のことながら気にかけていた。私は自分にかなり満足していた。というのは、生き生きとして魅力的で、その上、個性的で感じのよい人物を、短い文章の中で素描できたと考えていたからである。これは私のディケンズ的な側面であり、滅多に現れることはないが、それゆえに私にとって大切なものである。しかし、それは結局、別の問題だ。

私はようやく、自分の考えをほぼ正確に述べる方法を見出した。この方法はけっしてイスラム教徒のコミュニティを攻撃するものではなく、そのような攻撃が私の目的であったことも一度もない。たしかに、もっと早くに考えていればよかった。私はゆっくりと物を考えるが、そのことには、この話のつづきで、うんざりするほど気づかされることになるだろう。それから、修正を加えた抜粋を「ル・ポワン」〔保守系週刊誌〕の通常の号よりもしっかりあとに残るような形で、刊行しておかなければならなかった。発行部数は少なくても、書籍として刊行するのがよいだろう。しかし、この問題で本当に頭がいっぱいになるのは、数週間後、二〇二三年の一月中旬頃のことだ。その話は二〇二三年の章でまたすることにしよう。

　それよりも前に、最初のうちははるかに目立たないものであったが、しかしはるかに陰険な事件が、展開し始めていた。まさに、蛇が目を覚まして、リング状に丸めていた体を徐々に広げていくかのようだった。ただしこの話には本物の蛇はほとんど登場しない。「ゴキブリ」の生来の伴侶である「マムシ」を除いては――しかし、動物の話については、少し先走り過ぎたようだ。

「ウエルベックのポルノ」事件が本当に始まる前、ステファン・ルイテンベークという名のオランダ人の似非《えせ》アーティストが、エジプト出身のオランダのアーティスト、タリク・サドゥーマから、ラヴクラフト風[*1]の視覚的要素を含んだ、独創的な開校式を行うアイデアを盗んだ。今後、この似非アーティストは「ゴキブリ」という名前で呼ぼう。ラヴクラフトへの参照は、オランダの芸術学校をラヴクラフトの世界で重要な要素であるミスカトニック大学と想像の上で結びつけることで、さらに強められていた。彼はこのアイデアを使うつもりはこれっぽっちもなかったが、私をアムステルダムにおびき寄せるための餌として利用していた。目的はのちに明らかになるだろう。

二〇二二年十月初め、ゴキブリはもう一個の餌を思いついた。十月六日付けのメールで、ジニ・ファン・ローイェンという名前の若い女を連れて、月末にパリに行くと、彼は知らせてきた。今後、この女のことは「メス豚」という名前で呼ぼう。彼の話によると、メス豚は哲学専攻の学生で、私の作品のファンであり、すべての本を読んでいるということだった。私も作家の平均程度には自惚《うぬぼ》れ屋《や》なので、嘘のこの部分は信用した。ゴキブリによると、メス豚は魅力ある男たちと乱交パーティーに参加するために彼についてパリにやって来ていた。魅力ある男はアムステルダムよりもパリのほうが見つけやすいそうだ。この話からしてすでに信用ならなかったが、私はこう結論づけた。メス豚という若い女は、必ずしも乱交パーティーに入れ込んでいるわけではないが、身持ちが軽く、お気に入りの作家の一人と当然のことながらセックスしたがっている、と。妻も同じように推測していた。

諸々の誤った心理学の理論の影響で、性行為における幻想《ファンタスム》の重要性がしばしば過大に評価されている。幻想は、他人との関係がいっさい存在しないところで育まれる、個人的で自律した想像上の産物であり、セックスにおいてはほとんどいかなる重要性も持っておらず、恋愛がかかわる場合には、まったくどうでもいいものである。誰もが本当は知っているように、性行為において最も重要な要素は、愛である。その次に来るのは、一般に「好感」と呼ばれる、相手をそれほど興奮させることなく、自分でもそれほど興奮することのない感情である。男一人と女二人で行う3Pセックスは、男の幻想の最たるものとしてよく説明されるが、実際にこの行為が依拠しているのは、三つの同時的な好感の働きであり、理想的なケースでは、三人のうちの二人のあいだの愛情である。これらの感情的な条件が奇跡的に合わさったとしても、男性がこの行為から得る究極の性的快楽は、初歩的な解剖学的考察によって説明がつく。「正常位」という体位は不当にも非難されているが、この体位では男性は女性に挿入したまま、胸を愛撫したり舐《な》めたり、乳首を吸ったり軽く

＊1　（17頁）H・P・ラヴクラフトは米国の怪奇作家。ウエルベックは一九九一年にこの作家の評伝を発表している。

噛《か》んだりといった、女性がとりわけ好む愛撫を、まったく意のままに実践することができる。どのような体位であれ、女性は挿入中も男性の睾丸《こうがん》を愛撫することができるが（したがって愛撫しなければならない）、それに対して睾丸を舐めることはできないので、別の女性にどうしても加わってもらう必要がある――指よりも舌のほうが優れていることはもはや証明するまでもない。単なるフェラチオの場合でも、睾丸と亀頭を同時に舐めるのは一人では不可能だ。ペニスの数センチ先で、二人の女性が激しく口づけを交わすとき、男性は心地よい期待感に浸る。二つの舌が亀頭をゆっくりと探りながら、交わり、絡み合うとき、男性はこの世の幸福の絶頂に達する。肛門については触れないでおく。それは問題の前提を複雑にするが、基礎となる幾何学的な構成を変えることはないからだ。

　女性同士が愛を交わす場面を見て男性が覚える、美的で官能的な喜びについては、偉大な詩人たちが陶然とさせるような詩ですでに十分に描いているから、これ以上話すのはやめにしておこう。

　そういうわけで、ゴキブリとメス豚とパリのレストランで会うことになった。妻は待ち合わせ場所へ一人で行った。彼女はすぐさま、メス豚はまだ若く、ちゃんとけばけばしく飾り立てて、妻が行為に進んで参加すれば、私に十分欲望を掻《か》き立《た》てることができると、判断を下した。しかし、厄介な問題が現れた。メス豚は、私たちの性的な出会いをゴキブリに撮影してもらって、「オンリーファンズ」の自分のアカウントに投稿することを望んでいたのだ。

ここで本題から離れて、私とポルノグラフィーの関係について、述べておかなければならない。私は古い世代の人間であり、現実の性行為をはじめて経験したとき、ポルノ映像にはまだいっさい接したことがなかった——いま振り返るととても恵まれたことだったと思う。はじめてポルノ映画を見たのは二十歳のときで、そのときは心の底から憤りを覚えた。

一つ目の、そして最大の理由は、この映画が、あとで見ることのできた他のいくつかの映画と同じように、若い娘の性教育という点でまったく破滅的であったからである。現実の人生で、若い娘が、これらの映画の女優たちのようなやり方で、性器をシゴいたり、しゃぶったりしようとしたら、快楽を感じるどころか、はっきりとした不快感を、ひどい場合には苦痛を覚えるだろう。幸いなことに、そんなことは一度も起こらなかった。

二つ目の理由は、美的なものだ。性的でない場面、「芝居」の場面が、性行為——映画の主要な目的である――のあいだに挟まれるたび、俳優の演技のあまりの凡庸さが、どんなに上手くいっている場合であっても、意図せざる滑稽さを生み出していた。この印象は深い悲しみを前にしてすぐにかすんでしまうのであったが。性的な場面それ自体においては、女優たちが不器用で大げさにオーガズムに達したふりをしようとしていて、それがただただ違和感を際立たせていた。

三つ目の理由は、いわば社会的なものだ。これらの物語の主人公たちが携わっていることになっている職業は、ネオ・キッチュの輪郭をくっきりと描き出していた。この時代物のキッチュにおいては、特定の業界（広告、服飾、映像制作）だけが描くに値する。時には、イギリスの一流メーカーの車、さまざまな動物の毛皮、サン＝ルイ島の私邸といった、もっと古い時代のキッチュが付け加わることもあった。全体的な不快感はこうしたものによってさらに強められていた。

私とポルノグラフィーの関係は三十年間中断していたが、ドイツ人の若い愛人Mとの出会いによって、再開することになった。これは若い愛人を持つ副次的だが実際的な利点だ。その愛人がいなければ、自分には無関係であった、他の世界、文化的な領域に、足を踏み入れることができる。そういうわけで、この若い娘のおかげで、ニルヴァーナ［米国のロックバンド］

とユーポーン〔アダルトサイト〕を発見した。これは重要なことだ。ユーポーン、そしてエックスビデオ〔アダルトサイト〕によって、私はアマチュアポルノの存在を知った。それはプロがつくるポルノとはまったく違っていた。そこには時として美があった。ほとんどいつもオーガズムがあった——見せかけではない、本物のだ。愛と献身もあった。たしかにまれではあったが、想像よりもずっと多かった。

　アマチュアポルノに対しては、相反する二つの感情がすぐに心に浮かんだ。一つ目は、自分でも参加してみたいというもので、こうした行為はカップルの生活の延長線上に当然位置するものであり、あとで思うままに楽しめるように、自分もこうした時間の痕跡をとどめておきたいと思った。それを見て、同じような時間をすぐにまた体験したくなることはわかっていた。ずっとあとになって、残念ながらそうしたことがもはや不可能になったときであっても、たぶんそのように思うだろう。懐かしい気持ちを必ずや覚えるだろうが、その瞬間はすぐに優しさに満たされ、幸せの記憶を二人で分かち合えると予感していた。

　二つ目の感情はその反対で、自分にはまったく理解できないというものだった。このカップルたちは、いったいどういった動機から、自分たちの性交を果てしないインターネットの世界に拡散させているのだろうか？　ここでも、世代の違いが確実に影響していて、人々が休暇の写真をＳＮＳに投稿することも、私にはすでに理解しがたかった。しかし、性的な映像は？　おそらくこれは同じ衝動の極端なヴァージョンだが、私はすっかりあっけにとられていた。にもかかわらず、この行為が要する勇敢さゆえに、何か感嘆すべきものをそこに見ていた。社会的な規範への絶対的な無関心がそこには示されているように思えた。それに、結局のところ、彼らは正しくて、性行為はその原則において悪とは何の関係もない。彼らは親切を施しているようにすら見えた。私はその無償性に心を打たれた。こうした人たち（若い人が多いが、必ずしもそうではない）が見せている行為は、多くの場合、本物の愛の行為だった。カップルが公共の場で自分たちの行為を撮影しているとき、状況はさらに異常だった。彼らは、動画共有サイトの視聴者から好意的な反応をもらえることは自明のこととして確信していたが、撮影時、自分たちが愛撫し合っているのに不意に出くわした人たちの反応についてはまったくそうではなかった。見られるのを恐れ、しかしそれを望んでもいて、自分たちが見せるショーが、挑発ではなく贈与として、そしておそらく見習うべき手本としても、受け取られることを期待していた。こうしたカップルたちの意識において、性的行為は、公然となされる場合も私的になされる場合も、それ自体としては良いものであり、この行為が多くの人たちによって繰り返されるのは望ましいことだった。私自身はこの問題についてはっきり定まった意見を持っておらず、実を言うと、問題を本当に理解するに至っていなかったが、メス豚が自分の愛戯を「オンリーファンズ」のアカウントで拡散させているという事実は、彼女に対してあらかじめどちらかと言えば好ましい印象を抱かせた。私は、誠実な露出狂、つまり、私の道徳法則に照らして、世界の構成においてポジティヴな力、少なくともニュートラルな力を持つ人物を、相手にしているのだと信じていた。

そういうわけで、約二時間にわたって、性的な出会いが実現し、ゴキブリによって撮影された。私はすぐに幻想を捨てた。ゴキブリがこの場面を私の同意なしにインターネットで公開する計画を抱いていることが明らかになったとき、私のパンクなイメージを引き合いに出して、こんな風に言えばいいと提案してくる人たちがいた。（要約すると）「いやもう、楽しい時間《ボヌ・トランシュ》を過ごさせてもらった、お前たちに何の関係がある？」まず、私はいまだかつてパンクであったことはなく、セックス・ピストルズよりもピンク・フロイドのほうが常に好きだった。しかも、断然に。サマー・オブ・ラヴの孤児である私は、常にババクール〔自然志向の反体制的な若者〕であり、しばしばババハード（ストゥージズ、ブラック・サバス、ＡＣ／ＤＣ）でもあったが、パンクであったことはけっしてない。二つ目の反論は、事実の真実性に関するもので、メス豚はいかなる場合にも「美味しい肉《ボヌ・トランシュ》」と呼べるような代物ではなかった。フェラチオは下手くそで、膣《ちつ》を進んで動かそうとする素振りも見せず、両性愛者のようなところもいっさいなくて、最初から最後まで完全に受け身の姿勢で、犯されるがままになっていた。公正な世界であれば、この出会いのあと、妻と私のほうが代金を支払われるべきであった。すぐあとに妻に送ったＳＭＳで、彼女は性的に満足したとはっきり述べていて、優しく敬意ある雰囲気がその場にみなぎっていたことを褒《ほ》め称《たた》えてもいた。

　メス豚は「淫乱」の美名にふさわしくありたいとたぶん願っていたのだが、そんなものには値しなかった。実際には、淫乱のなり損ないであるだけでなく、それよりもひどかった。私の想像に反して、「オンリーファンズ」は無料サイトではなかった。会員は、パフォーマーの新たな性的動画を見るために、定期的に会費を支払わなければならなかった。

　このような仕組みの何かに、私はすぐに嫌悪を催した。私は売春婦に対しては大いに敬意を抱いている。彼女たちの仕事は、常に困難で、時に危険だが、客には現に幸福をもたらしている。売春婦、それこそがまさに、立派な仕事、尊敬に値する気高い仕事だ。ヴァーチャルな売春婦は、いかなる危険も冒さず、いかなる喜びももたらさない。登録料を支払った報酬として画面の前で一人寂しくマスターベーションするだけの、哀れな人々の孤独を利用している。彼女たちには何か嫌悪感を抱かせるものがある。その嫌悪感は道徳的なものだが、それだけではない。純粋に露出狂的な快楽から、無報酬で、カメラの前で脱いでいると思っていた女性が、実際には金をもらっていたことを知っただけで、私の性器はすぐに萎《な》えてしまった。私はそういう人間だ。

私自身は、すでに述べたように露出狂ではなく、あのような親切心や大胆さを持つことは例外的にしかなかった。もっとも、羞恥心はいかがわしい感情であり、どちらかと言えば捨て去るのが望ましいと思っていたし、全体的に見れば自分の体には満足していて、ペニスに不満を持ったこともいまだかつてなかったのだが。しかしとりわけ、ゴキブリやメス豚のような根っからの商人からすると、私の作家としての名声は私の生殖器に何がしかの商業的価値を付与し得るということに、気づき始めていた。この考えには落ち着かない気持ちにさせられた。私と自由主義の関係はけっして単純なものではなかった。ゴキブリとメス豚は、彼らいわく、私と妻の匿名性を守るために、仮面を用意していた。このような備えは見せかけにすぎないと、じきに気づいた。私たちが誰であるかがすぐにわかってしまうのは明らかだった。おまけに、仮面はひどく醜かった。店にはいろいろな種類があったはずなのに、ゴキブリは一番ひどいのを選んだのだ。誇張抜きに言って、ピカソのミノタウロス[*1]とほとんど同じくらい、醜悪だった。この醜い仮面は、メス豚の愚劣さを示していただけではなく、ゴキブリの狡猾さの最初の表れでもあった。私はそれに気づくべきだった。

ゴキブリはおそらくパリでの撮影を最初の成功と考えていて、それから三週間のあいだ、おおよそ同じような方法で、私に連絡を取りつづけた。ラヴクラフトを旗印とした開校式の作り話をつづけつつ、アムステルダム在住の若い女たちという、新たな餌を追加してきた。彼女たちは、私の本の熱心な読者で、性的な関係を持ちたがっているという。私の作家としての虚栄心は減じていなかったから、前回と同じようにこの話を信じた。しかし、今回は異なる見通しを抱いていた。私はその頃からゴキブリに対して、彼が私に嘘をついていたのとほとんど同じくらいに、嘘をつくようになった。良心の呵責《かしやく》はいっさい感じなかった。悪に抵抗するための正当で適切な方法について、トマス・アクィナス〔十三世紀イタリアの神学者〕が何か書いていたはずである。つまり要約すると、嘘つきには嘘をついてもよい。

話が脱線しているのはわかっている。だが、どうしようもない。脱線しているのは、人生そのものなのだから。次の脱線は、さらにはるか遠く、『滅ぼす』の構想の起源にまでさかのぼる。才能あるミュージシャンで、ダニエル・ダルクの晩年のアルバムで作曲を手がけたフレデリック・ローが、ダニエルのトリビュート・アルバムをつくるので、私にも参加してほしいと連絡してきた。私には「詩篇二十三篇」をダニエルのヴァージョンで演奏してほしいという。私は直ちに承諾した。この詩篇にもダニエルの演奏にも感嘆の念を抱いていたし、フレデリックには出会って最初の数分で直ちに好感を抱いたからだ。録音の日、元喫煙者の彼と、種々の癌《がん》について、話すことになった。肺癌はあまり心配しておらず、他のそれほど知られていない、気道に関係する癌をむしろ恐れていると、私は打ち明けた。特に喉頭癌と咽頭癌のことを考えていた。そのとき、ほとんど夢でも見ているようなぼんやりした声で、彼は言った。「そうだね、舌癌《ぜつがん》は……」私はそのとき奇妙な感覚にとらえられた。ゴングが途方もない音を立てて打ち鳴らされたかのようだった。その音はこれからずっと、たぶん人生の最期まで、鳴り響きつづけるだろうと確信した。これが『滅ぼす』の主要な源泉のひとつである。

＊1　ミノタウロスはギリシア神話に登場する牛頭人身の怪物。ピカソはこの怪物を作品のモチーフとして好んで取り上げている。

私はクリシェが好きだ。たいていの場合、クリシェは正しい。しかしながら、作者が悪魔払いするのに役立った本というクリシェはあまり好きではない。とは言え、読者の皆さんがいま手に取っている本が、私の人生の数か月をめちゃくちゃにした、ゴキブリ、メス豚、そして少しあとで話に登場する七面鳥、これら三個の人間の残骸を、悪魔払いするのに役立つことを期待している。しかし実際には、『滅ぼす』が舌癌に対する恐れを悪魔払いするのに役立つことはなかった。恐れはなくならず、二〇二二年十二月初め、性的接触によって感染する乳頭腫ウイルスが口腔癌の原因になると知って、新たな心配が加わりさえした。私は長期にわたるエイズの時代を本当の恐怖を感じることなく過ごした。コロナの時期もほんのわずかな不安も抱かずに過ごした。人生で初めてウイルスに恐怖を抱き、今後の性生活は、夫婦の貞節を極限まで押し進めることはないにしても、相当制限されることになると、すぐに理解した。ゴキブリが差し出す売春婦と寝るのはとにかく論外だった。

しかしながらそれが、アムステルダムで数日過ごすように私を招待したゴキブリの思惑だった。私が承諾したのは不可解に見えるかもしれない。たしかに、そのあとで起こることを予測できていたなら、きっとそうはしなかっただろう。いま振り返ると、そのときの理由は説得力の弱いものであったと、自分でも思う。まず、私は昔からタリス〔高速列車〕が好きだったが、ブリュッセルより先へは行ったことがなかった。北方へ向かうのは心惹かれることだった。アムステルダムには短期間の滞在は何度もしたことがあって、そのほとんどが本の刊行に際してであったが、エリック・リースハウトとそのチームと仕事をするために滞在したことも一度あった。[＊1] この街は落ち着いていて美しいと思っていたが、見物する時間を本当に持てたことはなかった。おまけに、典型的な魅惑のホテルであるアンバサダーホテルに滞在することになっていた。アムステルダムに以前旅行したときにいつも泊まっていたのと同じホテルである。私はそこで、おそらく古い馴染《なじ》み客の資格で、部屋で煙草を吸えるという、いまや例外的になった特権を享受していた。

出発の直前に、当時の状況からすると奇妙な意味を持つ、言わば反予感的な出来事が起こった。翌年の一月、ギヨーム・ニクルーの映画のためにグアドループで一か月丸々費やすことになるのだが、この映画の最初の場面で、ギャスパー・ノエが会いに来て、彼が現

＊1　エリック・リースハウトはオランダの映画監督。二〇一六年にリースハウトが監督した映画でウエルベックはイギー・ポップと共演している。

在執筆しているシナリオで宗教裁判官の役を演じないかと、私に提案をする。昼は魔女を拷問にかけるが、夜が来ると彼女のもとを訪れて、傷を手当てしたり、いろいろな膏薬《こうやく》で体を揉《も》んでやったりして、二人の関係は「きわどい」計画を立てられるようになるところまで進展するという。拷問の場面にはまったくそそられなかったが、着地点を見出すことはできた。私は、拷問の執行人よりも、むしろ裁判長の役を演じている自分の姿を思い描いた。助手たちに拷問をやめるように命令して、悪魔に魂を売ったと認めるか（その場合は単に火あぶりにされる）、翌日同じことを繰り返すか、魔女に尋ねに行く役だ。夜の親密な場面については、反論することはほとんどなかった。

それに対して、ゴキブリが撮るポルノ映像にはもう二度と映らないと固く心に決めていた。そのため、私たちの関係が快いものになるとは思っていなかった。しかしながら、アムステルダム中央駅のホームに降りてすぐ、あんな風に扱われるとも思っていなかった。ジャーナリストの多く、特にテレビの連中が、不作法な豚野郎であることは、私もよく知っていた。こちらの同意なしに、何度も写真やビデオに撮られた。しかしそのたびに、カメラマンは大声を上げて自分の存在を知らせてきた（たいていは「ウエルベックさん！」

や「ミシェル！」と私に向かって叫ぶだけだったが、時にはレンズの方に顔を向けさせようと「お願いします」と言い添えることもあった）。人生で初めて、まったく非人間的で無感情のカメラマンを相手にした。ただの一度も、私と握手しようとしなかったし、言葉をかけようとすらしなかった。人生で初めて、完全に動物ドキュメンタリーの被写体のように扱われていると感じた。このときを忘れるのは容易ではない。その後、ゴキブリが応じたフランスの日刊紙「リベラシオン」の複数回にわたるインタビューのひとつで、この薄汚いカメラマンはメス豚の愛人であったと知った。

　ホテルに到着してすぐ、休憩する時間を一時間ほどもらえたので、その間にウエルカム・ドリンクとして用意されていたボトルワインを飲んで、気持ちを落ち着かせようとした。このボトルワインと、当時大量に摂取していた抗不安剤のおかげで、あとで見るように、私は極度に落ち着いた気分になる。

　それから、快適だが窮屈な私の部屋に、ごろつきどもが再び現れた。カメラマンとゴキブリのほかに、三人目の人物が加わっていた。メッテ・ファン・ダイクという名前の、目を疑うような醜い牛女《うしおんな》で、フランス語を話せることが唯一の取り柄のようだった。いま振り返ると更なる侮辱に思えるような、詐欺師らしい厚かましさで、ゴキブリはそのとき、契約書を振りかざした。そして、これは面倒だがありきたりの書類で、純粋な創造の喜びへと共に向かえるようになる前に、できるだけ速く片付けてしまうのが単純に私たちの役目だと述べた。

私は、すでに述べたように、私的な目的で、妻とポルノビデオをつくりたいと願っていた。それまでの経験から、そんなに簡単でないことはよくわかっていた。二人の行為者のうちの一方が、手にカメラか携帯電話を持つことはできる。しかし、女性がその役を果たせることはほとんどない。どのような体位であろうと、現実に起こっていることを女性が撮影するのは解剖学的に不可能である。男性のほうは、女性が行う自慰行為やその自然な延長であるフェラチオを撮影することはできる。その他はほとんどダメだが。ただし、私は個人的な理由で、同じ男たちに比べてとりわけ不利な立場にある。私は照明の良し悪しを判断することはできるが、自分で適切な照明をつくりだすことはできない。その能力も素質もない。代わりに、少なくとも自分の考えでは、撮影はむしろ得意であり、何と言っても撮影するのは大好きである。この行為は私を熱中させ、知的能力を総動員させる。その結果だが、はっきり言うと、私は撮影しながら勃起はできない。それに、よくよく考えてみると、勃起しながら他のことをできるだろうか？　もちろんできる。それもかなり多くのことを。女性器を舐めたり、自分の指を湿らせたり、乳房を愛撫したり。私は「勃起したとき、暴君」[＊1]ではまったくない――サドを裁くにはこの言葉だけで十分だろう。滑稽な形式と醜悪な内容を併せ持つ、彼の忌まわしい著作を、無理して読む必要はない。しかし、私はそうしたときに性的でないことは何もできない。まったくもって不可能である。頭の中にもやがかかって、世界にはセックスのほかにはもはや何も存在しないような気がしてくる――そのことがこのような瞬間を書き表すのを難しくしている。実際、私はもはや何もコントロールできない。女だけが、突然、主導権を握ることで時間の流れを断ち切り、記憶を固定させることができる。ヴァンドルザンヌ通り〔パリ十三区の通り〕でのあの数秒間を、約二十年経ってもまだ覚えている――人生の最期までおそらく覚えているだろう。Mは（さっきのとは違うMで、今度はロシア娘）、長い時間をかけて私のペニスを優しくフェラチオしてから、私の上に心地良さそうに乗っていたが、そのように予見させるものはほと

＊1　サドの『閨房哲学』に「男は誰でも、勃起したとき、暴君でありたいと望む」という記述がある。

んど何もなかったのに――膣の動きはかすかに激しくなり、真っ白な上半身は赤く染まり、まなざしにはますます強く愛と狂気が浮かんでいた――急に体を離して、口を開き、瞬く間にペニスを喉奥まで咥《くわ》えこんだ。Mは精液を飲み干して、嬉しそうだった。ペニスが再び彼女に奉仕できるようになるまで、無為の時間がしばらくつづくとわかっていたにもかかわらず。こうした瞬間、先のことをあまり考えないのは、女性も同じである。もっとも、私たちは少し眠ることはできた。このように、時間的指標を喪失し、束の間のあいだ、永遠の中にいると、長くつづいた愛の交歓を、確信を持って再現することが、いつもできなくなってしまう。それを試みるときは、いくつかの機会を組み合わせることを余儀なくされる――組み合わせるのは同じ女性が相手のときであり、それは何とかできている。そのため、映像をつくるのがなおさら望ましいのだが、同じ理由で、私がカメラを持つことはできない。

　他の解決策がそこに現れる。カメラを三脚の上に乗せるというもので、この方法にはカメラをすぐに忘れられるという利点があるが、他にいくつかの欠点がある。この場合もやはり、現実に撮影可能な行為は、自慰とフェラチオだけである。それはそれでいい、とてもいいのだが、すべてと言うには程遠い。女性器が関係してくるとすぐに、撮影位置を決めるのは不可能だと判明する。最終的な結果はいつも変わることなく、ほとんど何も見えない。

本当に有効な唯一の解決策は、第三者に助けを求めることだろう。私が考えているのはまさにそれである。どこかの時点で、ゴキブリに助けを求めようと考えることはありえただろうか？　出来はひどかっただろうが、ぼけたりぶれたりすることはなかっただろう。彼には何と言っても撮影技師の経験があった。他にもっと重大な不都合があることに気づき始めていた。それは彼がまったく信頼に値しないということだ。その上、あとで明らかになるように、徹底して金銭ずくの人間だった。彼の才能に見合った端金《はしたがね》を払って、何らかの記録媒体に映像をコピーした上で、私が見ている前でデータを破壊させるという方法も考えられたかもしれない。

この考えが胸をよぎらなかったと断言することはできないが、複雑で危険が多く、幸いにも実行に移すことはなかった。これは馬鹿げた考えだった。というのは、二十年ちょっと前から、ちょうど「川」の監督をしたときから、私にはそれよりもずっといい解決策があったのだから。カナル・プリュス〔有料テレビ放送局〕で放映されたこの短編ポルノ映画は、おそらく女優しか出演していないという理由で、一般には「ソフトコア」と呼ばれている。この短編映画の撮影監督であるジャンヌ・ラポワリーは、あっと驚くような仕事をしてくれた。映像はほぼ一貫して最高に美しかった。優れた才能を持ったプロフェッショナルであるジャンヌは、一緒にいてとても心地よく、清廉潔白な人物であり、ゴキブリとはあらゆる点で正反対である。私は何らためらうことなくジャンヌに女優たちの愛戯を撮るように求めた。それなのになぜ、自らの愛戯を撮るように、思い切って頼まなかったのだろうか？　二十年経ってもまだ理解できずにいることである。ジャンヌの腕前にはたしかに圧倒されていたし、いまでも同じく圧倒されつづけている。しかし、「川」のときはためらわなかった。しっかりした脚本を手渡すことができたと思っていた。そうだ、脚本から始めるべきだったのだ。

　私の不幸の根源である契約書の話に戻ろう。サインには九分かかったが、フランス語版を手渡されたのは、七分経ってからだった。

権利譲渡書、フランス語訳、控え

当事者

1.
ステファン・ルイテンベーク、＜キラク＞監督
[redacted]
以下、「ステファン」
2.
氏名：＿＿＿＿＿＿＿＿＿＿＿＿＿＿＿＿＿＿＿＿
自宅住所（通りと番地）：＿＿＿＿＿＿＿＿＿＿＿＿＿＿＿＿
郵便番号：＿＿＿＿＿市：＿＿＿＿＿＿＿＿＿＿＿＿＿＿＿＿
以下、「参加者」

当事者2名は以下を了解する

1.　同意
この書面により、参加者は以下の条件で　作品への参加に同意する。

1.1. 参加者は被写体として映像に出演する。映像は、＜キラク＞の芸術映画、フィクション映画、ドキュメンタリー映画、パフォーマティヴな映画、エッセイ的な映画、エロチックな映画、ポルノ映画、エピソードに使用される。

1.2. 作品は、露骨な内容、18歳以上の内容、性的な内容である可能性がある。性行為や生殖器を映している可能性もある。

1.3. ミシェル・ウエルベックとリジス・ウエルベックの顔がミシェルのペニスとリジスのヴァギナと同じ画面に一緒に映ることはけっしてない。2人の顔がそれと見分けられるように映っている画面では、上述の生殖器はいっさい映らない。愛撫、抱擁、接吻の場面では、ハリウッド映画やアート系映画と同じように、顔や会話が誰かわかるように映ることがある。

1.4. この同意は、2022年11月1日から2023年12月31日までの期間に、ステファンとそのチームによって制作または入手された、参加者が登場する、あらゆる内容、場面、録音、映像技術に適用される。

1.5. 1.1.から1.4.までの条項は、明白に除外されている場合を除いて、この取り決め全体に適用される。

ステファン・ルイテンベークの署名：	参加者の署名：

2.　補償

謝礼や買い戻しに関わるいかなる金銭的な補償も、参加者のいかなる独占権も、適用されない。当事者間に労働関係はない。これは労働契約ではない。

3.　上映

この企画は、選ばれた映画祭、テレビ、ソーシャルメディア、動画配信サイト、アプリケーションで、不確定の期間、上映される可能性がある。

4.　条件

参加者は、自分の姿が映った映像を、ステファンが入手し、編集し、複製し、ダウンロードし、拡散し、使用し、再使用し、広い意味で活用し、電子的または物理的に保存し、販売促進、採用活動、商業的または非商業的な目的のために、不確定の期間、使用することを許可する。

5.　義務と支払い

ステファンは、万一の場合、補償を受け取る際に受領額にかかる税金と社会保障費を法に則って支払う責任がある。

6.　知的所有権

この協同作業に由来するあらゆる権利は、著作権、知的所有権、著作隣接権も含めて、完全に、不可逆的に、ステファンに譲渡される。

6.　権利

この協同作業に由来するあらゆる権利は、著作権や著作隣接権も含めて、完全に、無条件に（時間、地域、目的を問わない）、不可逆的に、ステファンに譲渡される。参加者は、法が認める範囲で、個人的な権利（著作者人格権）を放棄する。参加者はさらに、ステファンが著作権と著作隣接権に由来する義務を果たしており（彼がまだそれを放棄していない限り）、したがって中断している責務はないと、明言する。最後に、ＥＵ一般データ保護規則によって許可が求められる場合、この取り決めは参加者の個人的データの使用を明確に許可する（たとえば、映画の制作・配給・宣伝のために、参加者の肖像と名前を使用すること）。ステファンはしたがって、この取り決めに記載された権利を単独で十全に行使する権利を有している。

7.　条件の拡大

取り決めよりも長い期間にわたって参加者の映像を使用する場合、買い取りを延長する。最初に決められたのとは異なるプラットフォームで映像を使用する場合は、新たな買い取りが行われる。

ステファン・ルイテンベークの署名：	参加者の署名：

8.　参加者の権利

参加者は、この取り決めによって1.1.で言及された作品を事前に視聴する権利を得られるわけではないこと、制作や編集の作業の結果に影響を及ぼしたり干渉したりする権利をいっさい持たないことを、理解し承諾する。

9.　適用法と管轄裁判所

当事者間の法的関係はオランダの法律によって決定される。当事者間に生じ得るあらゆる係争は、オランダの裁判所で（オランダの法の名において）、アムステルダムの裁判所で解決される。

参加者は、18歳以上であり、求められた際には、法的に有効な身分証明書を確認のために提出することを保証する。参加者は、この文書の内容を理解しており、この文書に署名することができると明言する。参加者は、本書状により、上記の事項をすべて承諾する。

上記の内容に同意し、本書状2通に署名する
日付：＿＿＿＿＿＿＿＿＿＿＿＿＿＿＿＿＿＿＿＿
場所：＿＿＿＿＿＿＿＿＿＿＿＿＿＿＿＿＿＿＿＿

ステファン・ルイテンベークの署名：	参加者の署名：

「動物だってもっと多くの権利を持っている」と、私のオランダ人の弁護士はこの契約書を見つけて、力を込めて、ただし誇張なしにコメントすることになる。

その後、法廷での闘いが始まったとき、ゴキブリが証拠資料として流したビデオからは、私が契約書の条項にぼんやりした注意しか払っていなかったことがわかる。例外は1・3で、この条項には明らかに注意を傾けていて、知らない英単語の訳を尋ねることまでしている。

ゴキブリには新たなポルノ映像の撮影をいっさい認めないと決意していた。そのことを考えると、こうした注意自体が余計なものに見える。私がレイプドラッグの存在を、それが何かは正確には知らずに、意識していたことを考慮しなければならない。つまり、私のほうから進んでポルノ映像を撮影することができなかった場合、ゴキブリが策を弄《ろう》して映像を手に入れようとする可能性を排除しなかったのである。残りの滞在期間をコップの中身を警戒して過ごすことはしたくなかった。要するに、抗不安剤とワインを飲んでいたにもかかわらず、自分はまだ抜け目ないと思い込んでいて、したがって、私が犯したただひとつの誤りは、1・4の条項にいっさい注意を払わなかったことだ。この条項を読んだのはずっとあとになってから、二〇二三年一月三十一日であり、それを読んで訴訟を起こそうと決意したのだった。

　署名のあと、ホテルのレストランで食事をした。ゴキブリは食事中に撮影したビデオも証拠資料として提示していた。それはおそらく、私が冒頭で、女が虚栄心から自分はグルーピーではないと言い張るのは間違っている、グルーピーの第一の動機は感嘆という高貴な感情であるからだと、主張しているからである。この単純な考えを述べるのに、一分近くかかっており、このことから当時の健康状態がおおよそ理解できる。残りの映像も悪くなかった。いままで、これほどまでに雄弁に幅広い表情の変化を通して、しかしながらしばしば抱いていた感情を、言い表せたことはなかった。この感情は次の一文に要約できるだろう。「この馬鹿たちを相手に俺はいったい何をやっているんだ？」場面の半ばあたりで、セックスするためにアムステルダムに来たのではないと言い切っている事実は、謎めいた印象を強める。

　この四分間は傑出した映画的瞬間をつくりだしていると言えるかもしれない。しかし、俳優の演技と呼ぶことはできない。私の演技は意図せざるものであったからだ。おそらく、精神科医は映像を見て、私は緊張病に陥る寸前であると言うだろう。この主張は非常に説得的だが、決定的ではない。私はそれまでにも幾度も、洗練された演技をしようとして、特別な精神状態に意図的に身を置いたことがあった。多くの場合はアルコールの助けを借りたが、詩や音楽に頼ることもあった。一度などは（ブノワ・ドゥレピーヌとギュスターヴ・ケルヴェルヌの映画「ニア・デス・エクスペリエンス」[*1]のとき）、イスラム教の修道僧のようにくるりと旋回したこともあった。他のドラッグを使ったことは一度もない。

　安らかな夜を過ごしたあと、翌朝、イザ・モルマンと知り合った。今後、彼女は「七面鳥」という名前で呼ぼう。アムステルダム滞在中、そしてその後の裁判で、重要な役割を果たす最後の人物である。ゴキブリと七面鳥の関係は、痛ましいが月並みな図式に合致していて、私はそれを難なく見分けることができた。ゴキブリは七面鳥とやりたくて仕方なかった。七面鳥は、女優業に進出する野心を抱いていて、ゴキブリに抱かれるという考えにはあまり乗り気でないものの、ゴキブリが将来のキャリアの足掛かりになることを期待して、結局は求めに応じたようだった。私の考えでは、二人はだいたいそんなところまで進んでいた。

　私の考えでは、哀れな七面鳥は二重の誤りを犯していた。女優が、才能の問題をいっさい抜きにして、美貌だけで成功することはほとんどない。七面鳥の美貌はいずれにせよ、それなりのものではあったが、精彩を欠いていた。見ていて快いと言えるが、すぐに忘れてしまう。昔だったら、ファッションモデルの仕事に手が届いたかもしれない。しかし、基準は変わった。彼女には個性がなく、この取るに足らない分野においてですら、野心が叶う望みはなかった。

　さらに深刻なのはゴキブリを選んだことで、この選択は誰がどう見ても馬鹿げていた。ゴキブリは芸術的な素質の一切を明らかに欠いていて、作品が極度に不足している状況で

＊1　ウエルベックの主演映画。フランスでは二〇一四年に公開された。

あっても、彼の映画が大きな反響を呼ぶことはありえなかった。実際には、駆け出しの女優にとって、ゴキブリは考えうる限り最悪の選択だった。

　この朝の話に戻ると、私はそういうわけで、上半身裸で七面鳥のそばに寝そべっていた。彼女自身が身につけていた衣類は「ベビードール」といくつかの雑誌で呼ばれていた。熱のない抱擁が交わされたが、それはアングロ・サクソンの人たちがハグと呼ぶものにまさしく相当していた。同時に接吻も交わされた。私はこのときのことを、楽しいひとときとしても、不快なひとときとしても記憶していない。実際には何も記憶していないのだが、それらがゴキブリによってインターネットに公開された予告編で後に使用されていた映像だった。

　しばらく経っても進展がほとんどなかったので、ゴキブリが状況を立て直そうと、演出を始めようとした。彼の指示に従って、七面鳥は窓辺に近づき、窓を開けた。それから、ゴキブリは私にきっぱりと命じた。七面鳥に近寄り、君は美しい、欲しくてたまらないと言いながら、今度は熱のこもった抱擁で彼女を抱きしめるように、と。私は寒かったから、ベッドで暖かくしていたかったし、こんな茶番に加わりたくなかった。実際、七面鳥には徐々に苛立ちを覚え始めていた。妻がいると演技の邪魔になるし、とにかく「女は好きじゃない」という理由で、彼女が妻に部屋を出るように要求したとき、苛立ちはさらに募った。

そのときから、もう何もできないと感じられた。同じような状況がつづき、そのあいだ、私はこれ以上何も撮影されないようにシーツで身を隠していた。どれだけの時間が経ったのかわからないが、私には長く感じられた。それから七面鳥は、これ以上つづけるのは無理だと気づいて、部屋とホテルから出て行くことにした。ゴキブリもすぐに、その朝の出来事に不満を持ったまま、彼女の跡を追った。

彼はその日の午後のうちに、今度はメス豚を連れてきて、新たな試みを始めた。メス豚もまた、妻が部屋を出て行くことを要求した。彼女は要求をしつこく繰り返したが、妻は拒否した。そのため、前回よりもさらに素早く計画は頓挫した。彼らがこれほどまでに私を妻から引き離そうと望んでいたのは、彼女のうちに、罠をすぐに見破ることのできる、手強《てごわ》い、研ぎ澄まされた知性の存在を、感じ取り始めていたからだった。私はというと、この事件が始まってからというもの、知性をろくに示さずにいた。この点について、彼らは間違っていなかった。私の頭はゆっくりとしか働かない。私はこの不足を、存在に対する的確な道徳的直観によって補っていて、そこにさらに、今回は本当に容赦のない、一枚岩のような強情さという性質が付け加わっていた。

翌日、つまり十二月二十三日、ゴキブリは新たなカードを切ってきた。別の女を連れてきたのだ。この女の写真は事前に送ってもらっていた。写真はまったく覚えていないし、それに当の女には顔を合わさなかったから、彼女のことは「三番」と名づけるだけにしておこう。ＳＭＳでやり取りしたあと、妻は三番に対して反感を抱き、その上、この女が、本物の娼婦でないのに、即座の金銭的補償を求めていることに気づいた——メス豚や七面鳥の場合はそうではなかった。そういうわけで、状況はますます悪化し、三番がドアの前に現れたとき、短いやり取りがあったあとで、妻は彼女が部屋に入るのを拒否した。私は読書をつづけたかったので、その場には立ち会わなかった。

その晩、最後の事件が起きた。ゴキブリが今度は若い韓国人女性を連れて現れた。彼女の写真はそれまで送ってもらっていなかった。おそらくたったいま交渉してきたのだろう。今回は率直に言って好感を持てたが、数分話したあとで、撮影の話はまったくしていないこと、そういった話に応じるつもりはいっさいないことが、判明した。私はそのとき、到着してから初めて落ち着きを失い、ゴキブリにカメラマンを連れて部屋を出て、二度と戻って来るなと要求した。罵《ば》詈《り》雑《ぞう》言《ごん》が飛び交ったが、殴り合いには至らなかった。

私はゴキブリにもメス豚にも七面鳥にも二度と会わなかった。

七面鳥に関しては、そのあとで新たに得た情報はほとんどない。ゴキブリによる彼女のインタビューが、彼自身によって裁判で証拠資料として上映されたが、オランダ語で制作され、字幕もついていなかった。そのため、ほとんど何も知ることができなかった。私が記憶していたよりも、七面鳥がはるかにひどい馬鹿に見えたことを除けば。女優としての将来について、私の予測はさらに厳しいものになった。知性というものは、女性の性的魅力を決める決定的な要素ではないが、一定の役割を果たし得る。少し愚かな様子は女性の美しさを増す。ボードレールはこの点についても他の多くの点と同様に正しい。しかし、それは同じくらい確実に、女性の性的魅力を減じる。標的とする人物の男性優位の意識がどの程度のものであれ、それは変わらない。

メス豚については、キラクの第二十三話「ハニーポット」を通じて、より多くの情報を得ることができた。七面鳥とは違って、メス豚はこの映画にゴキブリの昔からの共犯者として登場している。だが、その話はまたあとでしよう。

結局、ゴキブリについて、最も多くの新しい情報を、特に妻を通して手に入れた。それらの情報は、そんなことが可能だとして、この男をさらに醜悪に描き出している。順番は気にせず、手短に説明していこう。

私が参加しなかったあのパリでの夕食の際、ゴキブリは妻に精子の提供を申し出ていた。できれば膣から提供したほうがいいが、他の方法でもかまわないという。妻の反応がどのようなものであったかは正確にはわからない。リチャード・ドーキンス[1]を読んだことのない妻が、この一件の生物学的な背景に気づいたとは思わない。妻は大笑いしただけだと思

*1 英国の進化生物学者。世界的なベストセラー『利己的な遺伝子』で知られる。

う。少なくとも不快な思いを隠すにはそれで十分だったはずだ。

十二月二十二日午後、ゴキブリはアンバサダーホテルの従業員を説得して、金を払ったのは自分だという理由で、私たちの部屋に入れさせてもらうことに成功した。幸いなことに、私たちは室内にいた。彼が最初に要求したのは、従業員から磁気のカードキーを返してもらうことだった。この危険を避けるため、私はゴキブリに部屋代を払い戻すことを約束した――それはパリに戻ってすぐにしたことだった。この話で最も面倒なのは、図らずもアムステルダムにまた行きたくなったとき――今のところはそうなりそうにないが――新しい滞在先を見つけなければならないことである。

以前からキラクの手法について調査している、喧嘩早いドイツ人のジャーナリストが、ゴキブリからようやく引き出した打ち明け話によると、彼は電話での会話を話し相手の知らないうちに録音することがあるらしい。実際には録音はいつもやっていて、将来、ゆすりの種に使うことが主な目的だったが、自分の話を面白いと思っていたからでもあった。この点について、彼は思い違いをしている。彼の話はちっとも面白くない。この数日のあいだに、彼は私に二つか三つは話をしたはずである。私はどれひとつとして覚えていない。

本書もここまで来たところで、私が用いている動物の比喩が適切かどうかを改めて検討しておいたほうがいいだろう。ゴキブリの不正行為は詳しく述べてきたが、この人間の顔をしたゴキブリを、本当のゴキブリ、普通のゴキブリ、言ってみれば良いゴキブリのよく挙げられる特徴と比較してみよう。汚物を本能的に欲している点は、途方もない範囲に精子をまき散らす性向と同じく、十分に明らかであると思う。この虫けらを踏み潰したときに発せられる、吐き気を催すような臭いも、少なくとも道徳的な観点から、たぶん確かめることができるだろう。とにかくその機会があることを願っている。

　これらの短いエピソードで肖像を一旦締め括るが、そこには、レールモントフ〔十九世紀ロシアの詩人・小説家〕の題名を借りれば、「現代の英雄」の性格を構成するのに役立つであろう、いくつかの補足的な記述が含まれている。レールモントフはペチョーリン〔レールモントフの小説『現代の英雄』の主人公〕について次のように論評している。「現代の英雄は、親愛なる読者よ、たしかに肖像であるが、ただ一人の人物の肖像ではない。世代全体の悪徳を最大限に拡大して構成した肖像である」

2023

二〇二二年はひどい終わりかたをした。アムステルダムでの最後の二日間は、街の魅力と美術館の面白さにもかかわらず、そしてまたEとの出会いにもかかわらず（Eはアジア系で、魔法のように突然現れて、七面鳥の七十三倍セクシーだった）、ゴキブリと一緒に過ごした二日間を消し去るには至らなかった。

それに対し、二〇二三年一月に行われたギョーム・ニクルーの映画の撮影は、心配事をすっかり忘れさせてくれた。いまのところ、編集された映像は一秒も見ていないが、優れた映画になること、私のこれまでの仕事の中で、おそらく最も滑稽なものになることを、確信している。その上、それまではショーを見たことがあるだけだったブランシュ・ガルダン[*1]と出会って、政治的意見の相違は好感を抱く妨げには少しもならないと確信した。ブランシュのことを改めて考えてみると、私たちは二つの異なるタイプの共産主義者によって育てられたという気がする。この二つのタイプの団結を実現できたのは、ジョルジュ・マルシェ[*2]が最後だった。一方のタイプは、知的で、教養豊かで、その後、メランション派[*3]に行きつくことになる。ファビアン・ルーセル[*4]の登場はその失墜を食い止めようとしており、少なくとも期待はできるだろう。もう一方は、より大衆的で、マルクス主義に賛同したことも、結局はほとんど何も理解したことすらなく、父親[*5]がひとたび蚊帳《かや》の外に置かれると、機械的にマリーヌ・ル・ペン[*6]を支持することになった。大衆のこのような変節は一見して重大なことに見えたし、ファビアン・ルーセル自身もそのように考えていたようだった。というのは、彼はメランション派が支配する議員団体に入ることを承諾したからである。彼は、別のこと、それよりもはるかに重要なことを忘れていた。マルクス主義について、労働者たちが記憶に留めていたのは、たったひとつのことだけ、しかしそれは唯一の正しいことだった。それは、彼らが真の生産者であり、大地が産み出すものの正当な所有者であるということだ。左翼政党は彼らに奉仕することを使命としており、その逆ではない。どのような主題であれ、たとえば移民問題についてもそうだが、左翼政党が大衆の要求に反対するようになったら、直ちにその正当性を失う。このようにブランシュと私の見解の違いは著しかった。だが、別のもの、もっと重要なものが、私たちを結びつけていて、それは映画からも感じられると思う。

同じように、政治的に近い意見を持っているからといって、裏切りや背信行為を防ぐ保障には少しもならないことを、少しあとで、私は理解するだろう。先ほどの件とは違って、これはつらい話である。たぶんこの話はあとでまたすることになるだろう——いや、この

*1　女優・コメディアン。左派寄りの発言で知られ、二〇二二年の大統領選ではジャン＝リュック・メランションを支持した。

*2　政治家。一九七二年から一九九四年までフランス共産党の書記長を務めた。

*3　ジャン＝リュック・メランションは政治家。二〇一六年から「不服従のフランス」の党首を務めている。

*4　政治家。二〇一八年からフランス共産党の全国書記を務めている。

*5　マリーヌ・ル・ペンの父親ジャン＝マリー・ル・ペンを指す。一九七二年から二〇一一年まで国民戦線の党首を務めた。

*6　政治家。二〇一一年から二〇二二年まで国民戦線（二〇一八年に国民連合に改名）の党首を務めた。

話はもうしないかもしれない。この物語にはつらい話がすでに十分にあるから。

　一月十三日、フランス・モスク連合の会長であるモハメド・ムサウイが、ナンテール司法裁判所に、やはり「フロン・ポピュレール」特別号のインタビューのことで、私に対する訴えを起こした。ステファン・シモン〔「フロン・ポピュレール」の発行人〕とミシェル・オンフレも同じく訴えの対象となった。「フィガロ」紙が読者にこの事件を報じた記事の一部を引用する。

「この作家は、グランド・モスケ・ド・パリの院長からも同じように訴えを起こすと告げられていたが、先週になって、いくつかの文章は〝曖昧〟だったと認めた。彼は当初の発言に修正を加えた新たな版を発表した。この修正版は書籍としても刊行されることになっている。しかしながら、UMF〔フランス・モスク連合〕会長のモハメド・ムサウイは、〝フランスのイスラム教徒は、ウエルベック氏が一方では当該の文章は曖昧だと認めながら、他方でその流通を停止する措置をいっさい講じないのを理解できない〟と声明で述べた」

　モハメド・ムサウイは、感心できない人物で、過激主義の疑いがあると、私は常々《つねづね》聞かされてきた。グランド・モスケ・ド・パリの院長は全然そんなことはなく、彼は、私自身の話よりも前に、ミラ[*1]を赦《ゆる》した男として名を残すだろう。それでも、モハメド・ムサウイの声明がもっぱら良識的なものであることに変わりはない。私は自分の発言を取り消した

（すでに述べたように、特に非難された最初の文章については、「曖昧」という言葉は弱過ぎると考えていた）。それではなぜ、必要な措置を講じないのか？　そういうわけで、ステファン・シモンとミシェル・オンフレに手紙を書いて、この特別号の販売を中止するように要求した。簡単な話だと思った。私はひどい思い違いをしていた。ステファン・シモンは、特別号の販売はいずれにせよ終了していると、まず答えた。嘘をついているとはっきり責めることはできなかったが、それを疑う確かな理由はあったと述べておく。

一月二十五日の朝、七時二十七分（グアドループ時間）に届いたメールで、ミシェル・オンフレの返事を受け取った。そこに激しい恨みが表されていることに、私は驚かされた。彼の弁によると、私を弁護するために勇敢にも矢面に立ったということだった。そうしなければいけない理由は何もなかったのに。主張の後半部分は正しかった。私は発言者として、ステファン・シモンは発行人として、訴えられていたが、ミシェル・オンフレはいかなる正式な資格においても訴えられておらず、最初は刑罰への情熱に駆られていたモハメ

＊1　二〇二〇年、当時女子高生だったミラは、ＳＮＳでイスラム教を批判する投稿をしたことが原因で、殺害予告などの脅迫を受けた。

ド・ムサウイも、いずれそのことに気づくだろう。それに比べると、前半部分は納得しがたかった。最初、彼はおずおずとしか支援してくれなかったし、その後、とても人気があるらしい、ローランス・フェラーリ〔ジャーナリスト・テレビ司会者〕の番組に出演した際、私を派手に見捨てた。やはり、彼の弁によると、私たちの対談を書籍として刊行しようと考えたことはけっしてないという。それどころか、最初からはっきり反対していたというのだ。私の記憶は正反対だった。最後に、特別号の販売停止は、「私の側からのまったく筋違いな要求」に思われたという。今度は理解した。ステファン・シモンが反対していたのではなかった。彼、つまりミシェル・オンフレ、「フロン・ポピュレール」の本当のボスが、そう決めたのだ。私たちの関係が終わったことはもはや明白だった。同時にステファン・シモンと連絡を取るのをあきらめることはしなかった。私は間違っていた。時間の無駄でしかなかった。

ほとんど同じ日、たぶんまったく同じ日に、ゴキブリが配信した予告編がインターネット上で広まり始めた。私は表面的な注意しか払わなかった。不快な気持ちにさせられたが、心配はしなかった。ゴキブリはこの映像で、ポルノ映画、フランスのメディアが大喜びでこぞって使用することになる表現を借りれば、「ウエルベックのポルノ」を予告していた。

私の考えでは、ゴキブリはいかなるポルノ映像も制作できるはずがなかった。彼が持っていたのは、上述した状況で撮影され、予告編でも使用されていた、七面鳥とのちょっとした愛撫を収めた数秒間の映像だけだった。大騒ぎするほどのことではない。この映像でただひとつ本当に気に障ったのは、ゴキブリのナレーションだった。彼はこんなことを述べていた。作家は妻とモロッコへ新婚旅行に行く予定だったが、イスラム主義の特殊部隊に誘拐されるのが怖くて旅行は中止になった、作家の妻は一か月間かけてモロッコの娼婦たちとセックスする計画を立てていたのに、と。

　良い嘘は単純だが、この嘘はそうではなかった。私たちが結婚したのは四年ちょっと前で、もはや新婚旅行をする時期ではなかった。ある書店チェーンがカサブランカとラバトの読者との一連の交流の場を企画してくれたのだった。娼婦探しに関して言えば、誰が一か月も前に娼婦を予約しようと考えるだろうか？　まったく馬鹿げていた。実際には私たちは広告をひとつ見ただけだった。一緒に仕事をしている二人の娘だったが、あまり気に入らなかったし、おまけに女王様タイプで、これはまったく私の好みではなかった。要するに、性的な面で、特別なことは何も予定されていなかった。それに対して、美味《おい》しい料理を食べる予定はぎっしり詰まっていた。

イスラム主義の危険については、より詳しく述べるに値する。招待してくれた書店主の女性によると、モロッコには私の熱心な読者が多くいるということだった。自分でもそれは本当だと知っていた。その点については、読者から受け取るメールが非常に確実な指標である。それでも、私はやり取りのある時点で、イスラム主義の危険を言い立てた。書店主は安心した様子を見せた。彼女によると、モロッコのイスラム教徒は、モロッコ出身のフランスのイスラム教徒とは何の関係もない。彼らは歓待好きで、寛大であり、モロッコではイスラム主義はほとんど知られていなかった。それに、モロッコのセキュリティーサービスの体制は傑出しており、私がカサブランカの書店で冒す危険は、たとえばサン＝ドニの書店よりも、はるかに小さかった。

時間を置いて振り返ってみたとき、最も注目すべきは、私が書店主の言葉を何のためらいもなくすぐに信じたことである。私がフランスの全般的な状況に対してどのような見解を抱いているかを考えると、それは最も憂慮すべきことでもある。

私の編集者はそれでもやはり少し心配をしていた。そこで、警察のとても感じの良い代表者と、会合が持たれた。私が書店主の意見を説明すると、そこでもすぐに全員が納得をした。このことはこの警察官が非常に公平な目を持っていることを示している。したがって、問題は決着がついたように見えたが、私の編集者が、単純だが、それまで誰も思いつかなかった考えを述べた。イベントは広く告知される。私がモロッコ行きの飛行機に簡単に乗れるとしたら、それはモロッコ出身のフランスのイスラム主義者にとっても同じくらい簡単なことだ。このイスラム主義者は、モロッコのイスラム主義者たちがとても企てることのできなかったテロを成し遂げることで、栄光に包まれるだろう、と。これは私が最も感心しているテレザ〔編集者のテレザ・クレミジのこと〕の素質のひとつである。なぜならそれは私に最も欠けているものであるからだ。彼女はそれまで誰も思いつかなかった単純な考えを持つことができる。彼女は頭が切れる。

　そうしたわけで、旅行は中止になった。モロッコのいくつかの新聞は、私がモロッコの警察を信頼しなかったことを、遠回しに責めた。多くの人たちはむしろ、モロッコの警察を信頼しなかったのはフランスの政府当局だと、考えていたようだった。しかし、誰一人として、私の編集者が言い立てた単純な筋書きには思い至らなかった。

　そのあいだも、撮影は相変わらず和《なご》やかな雰囲気でつづいていた。今後、何が起ころうと、クリストフのことも、オーレリアンのことも、もちろんファニーのことも、けっして忘れないだろう。撮影終了を祝うパーティーが行われた。妻は後にこのときのことを「私たちの最後の幸せな瞬間」と呼ぶことになる。彼女がそのように言ったのはおそらく、気が塞《ふさ》いでいるがゆえに、自分たちは冷静だと感じるようなときである。だがたしかに、今のところ、妻の言葉に反するようなことは起こっていない。パーティーの様子、とりわけカラオケでフランク・モニエ〔俳優。映画の出演者の一人〕とデュエットしたときの様子は、ビデオに生き生きと記録されている。私は、まずニコル・クロワジールの「女」、つづいて「ラヴ・ミー・プリーズ・ラヴ・ミー」[*1]を歌ったが、自分としてはあまりいい出来ではなかった。フランクは優しい性格で、歌のレッスンを何回か受ければ高音が苦手なのをすぐにカバーできると、直ちに断言してくれた。その通りかもしれないが、レッスンに割く時間はいまのところなかった。

グアドループを出発する前、最後にもうひとつの出来事があった。「ハーパーズ・マガジン」[*2]に発表した安楽死についての記事に反響があったのだ。この雑誌の編集長であるジョン（別名リック）・マッカーサーは、「赤狩り」という名前のポッドキャストの司会をしている二人の若い女性を紹介してくれた。二人は、とりわけこの主題について、私と話し合うことを望んでいた。ダーシャ・ネクラソワとアンナ・カチヤンは、残念ながらフランスには相当する存在のいない、人間のある類型を代表している。セクシーで愉快なカトリック保守の若い女性という類型である。私のポッドキャストはズームを使って録音された。一月二十九日の午後だった。会話は友好的で、興味深い内容だったが、奇妙なことに時節からは切り離されていた。安楽死はフランスではまだ本当に現実味のある話題ではなく、四月の初めにちょうど話題になり始めたばかりで、この文章を書いている時点で、本当の戦いはまだ始まっていなかった。しかしながら、この主題は大ラビやグランド・モスケの院長との対話にもそれとなく存在していた。時が来たら、私たちは再び会うべきであると、よくわかっていた。ただしその前に和解する必要があった。安楽死は、存続に値する文明とそうでない文明を本当に分ける、数少ない主題のひとつだ。実を言うと、この文章を書いている時点で、この役割を演じられる主題が他にあるのか、私にはわからない。しかし、現れるかもしれない。悪は、善と同じくらい広大であり、同じくらいほとんど限度を知らないから。

＊1　ミシェル・ポルナレフの曲。日本では「愛の願い」という題でも知られる。
＊2　米国の月刊誌。二〇二三年二月号にウエルベックの記事が掲載された。

私が本当に地獄に落ちたのは、一月三十一日、パリに戻って来てからだった。今日もまだそこにいる。これは多重的な地獄だ。

ゴキブリのために署名した契約書の条項1・4を初めて読んで、私は本当に狼狽し始めた。この契約書は相当に遡及《そきゅう》的なものだった。十二月二十一日にアムステルダムで署名されたが、十一月一日にパリでメス豚と関係を持った際に撮影されたポルノ映像の使用を、ゴキブリに許可していた。私にとって、遡及契約は、ありえないもの、想定すらできないものであり、私が法に対して持っている最も基本的な理解に反していた。私が相談した何人かの専門家の意見は、不安に拍車をかけた。このような契約はオランダの法律ではまったく考えられないものであるという。最悪の事態に備えなければならなかった。最悪の事態は、少しずつ、生じ始めていた。

ゴキブリがインターネットに上げると脅してきたポルノの場面は、私を騙して撮影したものだった。実のところ、私が撮影に同意したのは、メス豚の露出趣味を喜ばすためでしかなく、その嗜好は「オンリーファンズ」のアカウントでも示されていた。実際にはこの露出趣味が金目当てであると知って、その上、私のプライバシーを守るはずだった仮面がまやかしでしかなかったことに気づいて、「オンリーファンズ」についての同意は取り消した。しかし、キラクの何らかのエピソードに私が参加することは一度たりとも問題にならなかったし、キラクの存在をほとんど知らなかった。ゴキブリの弁護士は、法廷に提出する陳述書に、私は「ハニーポット」を視聴する機会があったのだから、彼の手法を完璧に知っていたと、何度も繰り返し記載している。今回に限っては、ゴキブリは誠実だと思う。このビデオを私に送ったというただそれだけの事実から、私がそれを見たという結論に彼は飛躍している。この男は本当に、彼が送ってくるものをひとつずつ、私がいまかいまかと待ち構えているなんてことがありうると思い込むほど、自分の作品の出来に確信を持っているのだろうか？　これは驚くべきことに思えるが、ありえないことではない。

問題が少しずつ深刻になっていったので、私はついに「ハニーポット」を見ることに決めた。この映画は、もっと金になる標的、要するに私を見つけ出すまでは、ゴキブリのキャリアの頂点を成していた。彼はそこでシド・リュカセンの恥辱を詳しく描いている。この人物はオランダでは割と有名で、一般には「極右の哲学者」と見なされている。「極右」という言葉が、過度に重要視されることなく、広い意味で一般に使われていることは、私もよく知っている。いずれにせよ、シド・リュカセンは映画全体を通して、いかなる極右的な思想も、そもそもいかなる思想も表明していなかった。最も強硬な「アンティファ」〔アンチ・ファシストの略〕でさえ、この醜悪なビデオを見たあとでは、リュカセンに対してある種の同情を抱くことしかできないと思う。タイトルで触れられている蜂蜜のつぼは、不思議なことにメス豚を指している。最も耐えがたい場面はおそらく、彼女が哀れな哲学者から贈られたベルギーチョコの箱を馬鹿にしたように放り捨てたあとで、ダイヤモンドの贈り物を要求する場面である。リュカセンは要求に従うつもりでいたが、宝飾店の営業時間によって、間一髪のところで救われる。その後、ラディッシュとメス豚の尻を映した、別の不快な場面がつづく。しかし今度は、醜さは主に身体的なものである。

キラクについて調査しているドイツ人のジャーナリストが、リュカセンの証言を得ようと試みたと教えてくれた。彼は断ったという。つまり、不快な記憶はできるだけ忘れることに決めたのだ。それでも、書くことはできているようで、アマゾンには四冊の本（フランス語未訳）が載っている。もちろん、私には関係のないことだが、彼は間違っていた。悪魔払いを試みたほうがよかったと、私は思う。

　知的な観点から言うと、「ハニーポット」から引き出せるものは、精液の放出に至ったとき、どのような動物であれ——もちろん人間も含めて——オスが見せる底知れぬ破滅的な愚かさについての陰鬱《いんうつ》な省察を除いては、何もない。『ＳＣＵＭマニフェスト　男性皆殺し協会宣言』において、ヴァレリー・ソラナスはすでに一九六七年の時点で、この主題について決定的な言葉を発していた。

　より一般的な観点から言うと、この映画は五十分強にわたる耐えがたい体験であり、誰にも薦められない。美学的な醜さが、道徳的な醜さによって、言わば際立たされており、見終わったあとは衝撃を受け、この人たちは全員消え去るべきであり、けっして存在するべきではなかったし、彼らの登場を許した社会も破壊と滅亡にしか値しないと、それだけを確信する。

フェミニストは私を好きではない。私もフェミニストを好きではないし、彼女たちは人と人の関係を悪化させたと考えている。また、現代のフェミニストは前の世代の四十七倍悪質だと思っている。私たちの最悪の関係を考えれば、慎重に振る舞うべきだろう。それでも、彼女たちが叫び声を上げるのは予想できるとはいえ、このことを書かずにはいられない。これらの映像が意に反して拡散させられるかもしれないと考えて、私は初めて、レイプの被害にあった女性が語るものに似ていると思える何かを感じた。まずは、自分自身の体を奪われる苦しみ、自分の体に対する陰にこもった憎しみ、体を罰したいという欲求。もはや体を洗うこともできず、アルコールと煙草の摂取量も大幅に増えて、拒食症の兆候さえいくらかあった――これは初めてのことだった――最後に自分を壊すためにできる限りのことをした。精神的な面では、無力な怒りに襲われたが、時として、恥にさいなまれて体を縮こめることもあった――『訴訟』〔カフカの小説〕の結末の一文、「死んだあとも恥だけは生き残るような気がした」が、こんなにも頻繁に頭に浮かんだことはいまだかつてなかった。怒りは理解しやすかったが、恥はそうではなかった。なぜレイプされた女性は恥の感情を抱かなければならないのか？　そうしなければならないのは、明らかにレイプした側であるのに。しかしながらそれが実際に見られることである。

　モー高校の男子寮で過ごした五年間のあいだ、私は一度もレイプされたことはなかったが、被害にあった者もいた。現場に居合わせたことはないが、被害者が負った傷に気づくことはできた。レイプ犯の名前はわかっていて、記憶に刻みつけられている。私の知る限り、時効期間は延長されたが、未成年者の裁判は相変わらず寛容過ぎて、事件から五十年経ったあとに告発したところで、何の効果もないだろう。

　私はレイプされたことは一度もないし、私自身にもレイプ犯のようなところはまったくない。私はフェミニストを嫌いなだけではなく、彼女たちを恐れてもいない。「ミートゥー」や「豚野郎を告発せよ」[*1]といった運動も、私には何の跡も残さず過ぎ去っていった。泥酔状態のときですら、「不適切な振る舞い」と呼ばれることをやろうとしたことは一度もないと思う。「女性に無理強《じ》いしない」という強力で峻厳な戒律が、私が受けた教育のどこから来たものなのかはよくわからない。きわどい言葉やほのめかしすら、ほとんど不

＊1　二〇一七年にフランスで始まった性加害告発の運動。

可能である。かなり長い自伝を書いて、悲壮味と滑稽味を混ぜ合わせながら、時としてずっと前から女性の側が待っているとすっかりわかっていたのに、私が思い切ってリードしようとしなかったときのことを、全部詳しく語ることが簡単にできる。この本には「私の自縄自《じじょうじ》縛《ばく》」というタイトルをつけることができるだろう。なかなかいい響きだと思う。私はこのタイトルを言ってみれば予約したようなものだ。

レイプに対する幻想《ファンタスム》が女性のあいだでどれほど広がっているのかはわからない。個人的に会ったことがあるのはＥだけである（昔のＥ、スペイン娘で、スペインは私の性生活において重要だった）。私は彼女を満足させることができなかった。アパルトマンの中を追いかけていって、ベッドに投げ倒して、服をはぎとる。こんな役は自分には演じられないと思った。レイプの真似事という身体的な服従は、私には不可能だったが、言語的な服従にもあまり向いていなかった。「ひざまずけ」や「しゃぶれ、淫乱」は私に相当な困難をもたらす。「パンツを脱げ」や「オナニーしろ、淫乱」は、もう少し上手にできて、上達する見込みがないとは思わないが、今までのところ、私が得意としているのはむしろ、第三の分野であり、これを不動の服従と呼びたい。

原理は単純である。女には、目隠しだけつけて、全裸にさせ、腕と足を大きく開いて、ベッドの四隅にひもで結ぶ。枕を頭の下に敷いて、口に近づきやすくする。二つ目の枕を尻の下に敷くことで、まんこの位置を高くして、（最初の段階では）視線にすっかりさらすことができる。それから、女は待つだけである。指と舌を使って、差し出された二つの開口部を興奮の絶頂へと導くのは、男の役目である。男はいつでも、中断したり時間を置いたりすることができるし、ペニスをちょっと挿入したり、再び中断して、改めて接吻したり、クリトリスを舐めたりすることもできるし、また中断してから、全力を使って、口とまんこに深々と接吻することもできる。これは、海辺へ行くには暑すぎるときの、夏の午後の甘美な過ごし方のひとつである。

思い出から離れて、レイプがもたらす影響の中でもおそらく最悪のものについて、話さなければならない。それは、セックスに対する嫌悪、または少なくとも、欲望の完全な欠如である。たしかに、誰かの喜びの源を腐敗させるのは、犯罪に等しい行為だと思う。

これまでの人生で私はレイプされた女性は一人しか知らない。彼女をソレーヌと呼んでおこう。一緒に働くようになって少し経った頃、同じオフィスを使用していて、この会社にずっと前からいるミシェルが、私に知らせようとついに決心した。それは慎みを欠いた振る舞いだったが、必要なことだった。ソレーヌの予測不可能な神経症的な反応に、私は困惑し始めていて、一切の職業上の関係が困難になってしまいそうだった。そういうわけで、彼は私をわきに呼んで、ソレーヌのこうした行為には理由があることを説明してくれた。約十五年前、彼女は集団レイプの被害にあった。数日間はその話をすることができたが、それから完全に心を閉ざしてしまった。

　私はしばしば悲観主義の作家と見なされており、それはたぶん正しいのだが、良い本を書くのに役立つ明晰さは、現実に取るべき態度としては必ずしも最良のものではなく、多くの場合、すべてうまくいくかのように振る舞ったほうがよい。ソレーヌは立ち直ることができる。優しくて、とても進歩的で、愛情深い男がいれば、十分である。それが少なくとも私が信じたいと願っていたことだった。

　ただしこの場合には、まったく信じていなかった。私は自分ががさつな人間だとは思っていないが、このことは認めなければならない。もしそのような人間が存在するなら、私よりも優れた人間である、と。ソレーヌが負った傷は、私には、そしておそらく誰にとっても、あまりにも深過ぎた。彼女は当時四十歳で、私の考えではもう終わりだった。ゲームオーバー。

私のほうが年齢は上だが、私は暴行されたわけで[illegible]何かを強制されたわけでもなく、彼女よりもはるかに恵まれた立場にいた。ただし、私の場合、唯一違っていたのは、インターネット上に自分のプライバシーを大量かつ無理やり[illegible]開されるという現代的な深刻な状況に陥っていたことだ。私にはいま、最悪の中の最悪、現代の[illegible]レーヌたちの運命が、とにかく多かれ少なかれ、目に浮かぶ。彼女たちは、ひとでなしの集団に殴られ、凌辱され、その後、生き延びるが、それは自分が被害にあう映像がウ[illegible]ブ上に直ちに公開されるのを目にするためでしかない。自殺せずに済むとしたら、それだけでも奇跡的なことだと思う。再びセックスできるようになるかは、私にはわからない。そういうことも場合によってはあるかもしれない。

私にとってはより直接的に理解しやすい、男の立場に再び立ってみよう。人生にはセックス以外の快楽もあって、それはたとえば美食やアルコールやドラッグに結びついている。その激しさを性的快楽に比べるとしたら、だいたい五十で割る必要があるだろう。特に、これらの快楽は、あれほどまでに、あれほど強烈な一致でもって、他の人と共有されることはない。女性を喜ばせる方法はたくさんあって、ブッダは妻に宝石やアクセサリーを贈るのを忘れないようにと忠告している。しかし、どのように選べばいいのかは言っておらず、それはまったく簡単なことではない。衣服に関しては、私はからきしダメで、自称「一流デザイナー」の新作にはうんざりさせられる。私の関心を呼び覚ます唯一の身なりは、超セクシーな衣服、娼婦の服だが、それらはセックスの世界から本当に抜け出てはおらず、その子供じみた娯楽的な要素である。日常生活ではあらゆるものが、私たちを遊戯から遠ざけることに[redacted]与しており、そこではあらゆるものが、陰鬱で、技術的で、平板である。宝石について[redacted]もっと才能があったはずだ。しかし、この分野は複雑で、宝石は数が多く、深く掘り下[redacted]る機会をほとんど持てなかった。いずれにせよ、喜びの同時性は、けっしてそれほど大き[redacted]はない。「贈る喜び、もらう喜び」私の子供時代に、新奇なおもちゃをわずかな金額で[redacted]ダムに提供していた、小さな機械の山型の上部に刻まれていた一文である。たいていの[redacted]合、おもちゃは長持ちしなかった（まだ中国製ではなかったが）。この一文は性愛とい[redacted]ものを驚くほど正確に言い表している。

読むことや書くことは人生[redacted]一部を本当に構成しているとは言えない。それらはむしろ人生に取って代わるものを提[redacted]している。性行為は私の人生で最大の喜びであり、驚くべきことに、結局は最も長続きし[redacted]びでもあった。すでに述べた理由から、その痕跡をとどめることは一度たりともできなかった。その痕跡を公表しようと考えたこともない。例外はたぶん、特別な魅力を持つ瞬間をとらえるのに成功して、死後に発表する場合だ。ただし、その瞬間をともにした女性もまた心を動かされたことが条件である。私の人生の中で最も生き生きとした部分である性生活から残る唯一の痕跡が、退化したゴキブリによって撮影された、生気のないメス豚とのありきたりの性交で、その全部が確実にひどく醜いものであると考えるのは、耐えがたいことだった。私にはそれ以上の価値があった。誰にだってそれ以上の価値がある。

フランスのメディアにおける私の立場は、急速に、驚くべき規模で悪化していった。私の昔からの敵は、「イスラム嫌悪」の問題が再燃したことにあらかじめ刺激されていたことに加えて、「ポルノ」という新しい問題に活気づけられ、武者震いしていた。驚くべきことに、そんなことは不可能だと思っていたが、左派との関係はさらに悪化していた。私が極右と共謀していると告発する著作が、他のものにつづいて、数冊刊行されてすらいた。この一件の始まりとなったダニエル・リンデンベルグ[*1]の著作以降、主張は変わっておらず、それ以降に起こった唯一の注目に値する出来事は、フィリップ・ミュレとモーリス・ダンテックの死であり、一番最近の告発者たちはこの二人を他の作家で置き換えようとできる限りのことをしていた――個人的にはこれらの作家にそれほど近しいものは感じなかった。フィリップとモーリスは知っていたし好きだったが、新顔についてはそうではなく、反動戦線はむしろ解体する趨勢にあると思われた。「ロプス」[*1]〔中道左派の週刊誌〕の記事にはほとんど注意を払わなかった。私が過去にジェローム・ガルサンの文体を嘲笑したことが原因で、揺るぎない憎しみを抱いていると知っていたし、もはや何も期待できなかった。それに対して、日刊紙「リベラシオン」にはけっして完全に希望を失ったことはなかった。ローラン・ジョフラン[*2]は私を好きではなかったが、常にジャーナリスト特有のある種の廉潔さを、この言葉が意味を持つ限りで、保っていた（それは意味を持っていて、ローラン・ジョフランはやはり古い世代に属していた。彼もまたベビーブーマーだった）。彼の後任にはそのようなものはもはや存在せず、私の「逸脱」に割かれた同紙の一面には衝撃を受けた[*3]。そこでは、私の「強迫的な人種主義」が強調されていたが、説明は一切なく、ほんのわずかな証拠資料を提示することもできていなかった（私とフランスのジャーナリズムの関係は、不本意ながら述べるのだが、純然たる裁判上の争いへと向かい始めていた）。この卑劣な一面に比べれば、その後、ゴキブリが応じる中道左派の日刊紙の複数回にわたるインタビューなど、物の数ではない。

古くからの敵に、新たな敵、とりわけ「マリアンヌ」〔右派の週刊誌〕とＢＦＭ ＴＶ〔ニュース専門局〕が加わった。これにはどちらの場合も驚かされた。中立的で無味乾燥なメディアを相手にしていると思っていたが、彼らもまた意地悪になることができて、それを証明しようと躍起になっていた。

カトリック右派は沈黙を守りつづけていた。

ネリー・カプリーリアン〔文芸批評家〕も嘆かわしい記事を書いた。彼女は私に向かって「ポ

＊1 （79頁）思想史家。『秩序への回帰』（二〇〇二年）において、ウエルベックを、思想家のフィリップ・ミュレや小説家のモーリス・ダンテックとともに、「新しい反動主義者」として槍玉に挙げている。
＊1 ジャーナリスト・作家。「ロプス」の文化部門を統括していた。
＊2 ジャーナリスト・作家。二〇一四年から二〇二〇年まで「リベラシオン」の編集長・発行人を務めた。
＊3 二〇二三年二月十四日の「リベラシオン」で一面も含め全五ページにわたるウエルベックの特集が組まれた。特集タイトルは「ミシェル・ウエルベック、ある逸脱についての調査」。

ルノを撮影しながら西洋の頽廃を批判している」という奇妙な非難をしていた。私はこれまでにもさんざん述べてきた。現代の精神的堕落はセックスとは何の関係もない、ポルノグラフィーはそれ自体としては罪のない娯楽である、等々と。性と道徳を関連づけること自体が論理的に馬鹿げているのではない。それらはむしろ、どの方向に向きを変えても、けっしてぴったり合わせることのできない、二つの図形である。この機会を利用してボードレールを引用しよう。これは、彼の最も美しい詩句などではまったくないし、「地獄堕ちの女たち」で最もよくできた四行詩ですらないが、ボードレールは、他のあらゆることに加えて、時には理性的な事柄も書けることを証明している。

無用な夢を追う人間は、永遠に呪われるがよい、
答の出しようもない不毛な問題にぞっこん打ち込んで、
恋愛の事どもに道義の沙汰をとり入れようなどと、
愚かにもこの世で初めて思いついた人間は！

結局、ネリー・カプリーリアンが非難していたのは、私が「ル・モンド」の「インタビ

ューに応じた」ことだった。彼女は数年前にも、「ヴァルール・アクチュエル」のことで、喧嘩を売ってきた。フランクフルトのブックフェアの一環として、二〇一五年十月に「シュピーゲル[*1]」のインタビューに応じていた。言うべきことをあとになってから思いつくことが多くなってきていたし、準備なしの対談の中で、とても面白いことを言うのはまれであり、それらを読み直して修正するのは、面倒でむなしいことだ。「伝えられた言葉」という方式で仕事をするのは、ジャーナリストである。たしかに、知的なジャーナリストを相手にしなければならず、それはまれであり、ジャン・ビルンバウム[*2]（「ル・モンド」）やジョフロワ・ルジューヌ[*3]（「ヴァルール・アクチュエル」）は、知性の面では、正当にもフランス人から最も軽蔑されている職業のエリートに属している。ジャーナリストは、悪意を持っている場合よりも、単純に無能な場合のほうが多いと、私は最終的に知ることになる。

＊1　ドイツの週刊誌。この雑誌のインタビューのフランス語版が二〇一七年十一月に「ヴァルール・アクチュエル」に掲載された。

＊2　ジャーナリスト。『滅ぼす』刊行時にウエルベックの独占インタビューを担当した。

＊3　ジャーナリスト。二〇一六年から二〇二三年まで「ヴァルール・アクチュエル」の編集長を務めた。

嫉妬で怒り狂った金切り声を浴びないようにするため、ついには「伝えられた言葉」はあきらめて、寄稿、批評、要するに文章を時々書くだけになった。安楽死についてはずっと前から、ダヴィッド・ピュジャダス〔テレビ司会者〕が討論の司会をするという条件で、例外とするつもりでいた。ところが、ゴキブリがメス豚と七面鳥の協力を得て攻撃を仕掛けてきたために、態度を変えなければならなくなった。罵倒されるがままでいることに、うんざりしていた。論争はさんざんやってきたし、私はなるほどファシストの女嫌いなのかもしれないが、いままで私生活は比較的影響を免れてきた。伝記作家を相手にしたことはたしかにあるが——意地の悪い馬鹿野郎だった——映像の盗人という人間のクズは一度もなかった。彼らは、アルマ橋のトンネルでダイアナ妃の乗った車の近くに救急車よりも先に来て、最初の反応が、彼女が生きているかどうかを確かめることではなく、カメラを取り出すことであった連中と、同じである。作家の名声はたとえ有名であっても高《たか》が知れているから、女優と寝ることさえ避けていれば、これらの食屍鬼たちの手の届かないところに人生の最期までいられると思っていた。要するに、予想外の災難に直面して、インタビューに応じなければならなくなりそうだった。

「フロン・ポピュレール」の問題については、修正を加えた特別号の新しい版を刊行するように、ステファン・シモンに求めつづけていた。ミシェル・オンフレに対しては新たに働きかけはしなかった。彼の拒絶は断固たるものであったからだ。いずれにしても、二人の人物は、それまでとは違った風に見えた。オンフレの場合はより冷たく、根っからの意地悪で、気難しく思い上がった様子が身振りからも伝わってきて、シモンの場合はもっと軟弱だったが、結局は二人ともがめついことに変わりはなかった。「フロン・ポピュレール」の特別号は異例の成功を収め、謙虚さを装うのは馬鹿げているからはっきり言ってしまうと、それは主として私の貢献のおかげだった。私は一銭も受け取っていない。代理人によると、私が儲け損なった金額はおよそ二十二万五千ユーロにのぼる。出版社は私に借りがあるはずだと思ったが、私は「要求する」という動詞を、ゴキブリに対してと同様、使ったことはないと思う。フランスのケースでは、何かにサインすることをしなかったため、何も要求できなかった。オランダのケースでも、同じように何もできなかったが、それはサインしてしまったためである。状況は構造的に同じであり、私は一人でほとんど愚の極みに到達していた。

この惨事の最中に、期待も希望もしていなかった、たったひとつのことが——実を言うと最近彼のことはそれほど考えてすらいなかった——私を本当に勇気づけてくれた。ベルナール＝アンリ・レヴィ[*1]の忠実で、友情のこもった、即座の支援である。

事件が始まってから初めての電話で、彼は私にすべてを赦していると言った。「ミシェル・オンフレとの対談でさえも」赦しているという。世の人々は赦しについてあまりにも不正確な話し方をしている。赦しがあるためには、まず罪人がいて、罪を認め、赦しを求めなければならない。ベルナール＝アンリが最初に電話してきたとき、私はまったくそのような状況になかった。だが、オンフレがベルナール＝アンリに対して強迫的な激しい憎悪を抱いていたと知って、私はすぐに理解した。私が事情をすっかり知っているわけではないと、ベルナール＝アンリは気づいたに違いないが、私の無知がどれだけのものであるかは、たぶんまだ本当には理解していない。特に彼のために、今度はテレビ視聴者としての私の習慣に関して、再び本題から逸れて話をしよう。

『滅ぼす』執筆の頃から、私は奇妙な習慣をつづけていて、普段は午前一時頃か二時頃に目を覚ます。それなりの量のカフェインを一度摂取すると、三時頃にテレビをつけ、いつも「シェリ25」〔NRJグループが放映しているテレビチャンネル〕を見る。いまこれを書いているときは違うが、最近まで、というか数日前までは、そうだった。「シェリ25」ではシリーズ「犯罪」とシリーズ

「遺産」の放送をいくつか見る。どちらも素晴らしい。調子のいい日にはその仕上げに、「すべてがひっくり返った日」という名前の奇妙なテレビ番組を一話か二話見る。午前五時頃、かなり長い中断が入り、身支度に専念できる。第二次世界大戦には少しうんざりし始めているが、時には「歴史」や「すべての歴史」といったチャンネルを見ながらのこともある。例外的に「狩猟と釣り」や「科学と生命のテレビ」に助けを求めることもある。午前七時は「クライム・ディストリクト」〔犯罪事件に特化したテレビチャンネル〕を試す時間であり、このチャンネルでは最悪な番組（「一夫多妻カルト教団を脱出せよ」や「カール・ゼロの事件簿」）と最良の番組（犯罪ではなく判決に焦点を当てたシリーズ「評決」）が同居している。

私のテレビ視聴者としての一日は八時頃に終わりを告げる。

私はニュース専門局を、広告のすさまじい長さにますます苛立ちを覚えるようになってはいたが、長い間にわたって視聴してきた。コロナ危機の最初の三か月のあとで見るのをやめた。くだらないパンデミックを四六時中報じつづける特別番組にもはや耐えられなか

＊1　哲学者。ウエルベックとは二〇〇八年に往復書簡を発表している。

った。ニュース専門局ではある時点で一つの主題しか時事問題にならないことが前提とされているが、それが本当にひどくなって、それまではきわめて良好だった医学界との関係も、しまいには悪化してしまいそうだった。エリック・ゼムール[*1]の風変わりな立候補にもかかわらず、実際に視聴を再開することはけっしてできなかった。ウクライナの戦争でも何も解決せず、将軍は医者よりもさらに面倒な連中かもしれないと教えられただけだった。ベルナール＝アンリよ、ウクライナに関して、最後に告白しておかなければならない。数年前、クリミア併合で終わった小競り合いの際、すっかり驚いてしまった。ウクライナとクリミアはいまだにロシアの州であると思い込んでいたのだ。同じ機会に、バルト諸国の存在を知った。つまり、ソ連崩壊の結果として生じたいくつかのことを、知らずにいたのである。フランス人の大半は、地政学に関して、私よりもはるかに無知であることは、よく理解してもらわなければならない。

　というわけで、ニュース専門局はそれきりやめてしまった。その世代で群を抜いて優れたジャーナリストであるダヴィッド・ピュジャダスを懐かしく思うことはある。もっとまれにではあるが、ジャン＝マルク・モランディーニ〔テレビ司会者〕も同様である。理由は忘れた。パスカル・プロ〔ジャーナリスト〕を懐かしく思うことはけっしてない。彼にはいつもいらいらさせられてきた。他人の言葉をさえぎり、ゲストに反論するのをやめない。彼の意見なんて、はっきり言って、みんなどうでもいいと思っているのに。要するに、全体的に見て、年金制度やミャンマーの市民社会の抗議がなくても、私は十分にやっていける。私自身も定年退職する年齢に達したし、ミャンマーはいままで行った中で最も美しい旅行先であったのだが。それに対して、シュグ・ナイト[*2]とグザビエ・デュポン・ドゥ・リゴネス[*3]については、どんな質問でも答えられる。したがって、私たちの関心の在り処は部分的に異なっているが、それはあなたもずっと前から知っている。ミシェル・オンフレの政治的意見はいくつかの点では正しいのかもしれない（というか、正しいのは唯一の点、ヨーロッパについてだけだが、これは無視できない点である）。私が書いてきたことに比べれば、まったく重要ではない。結局、この数か月間の出来事の主たる結果として、昔からの性向が強まり、自分の中で決定的なものになった。私は思想を信じない。私が信じるのは人である。

＊1　政治家・ジャーナリスト。二〇二二年のフランス大統領選に出馬した。
＊2　米国のヒップホップレーベル「デス・ロウ・レコード」の設立者。二〇一五年にひき逃げ事件を起こし、実刑判決を受けた。
＊3　二〇一一年にフランスのナントで起きた一家殺人事件の容疑者。

三月三日、フランスの裁判で最初の敗北を喫した。メディアは大喜びだった。結局のところ、私は驚くべきではなかった。もうずっと前から、「我が国の司法への信頼」は失っていた。ニコラ・サルコジの言葉は的を射ていた。裁判官はグリーンピースだ[*1]。この気の利《き》いた表現を、彼は言わないほうがよかった。この発言は高くついたから。気の利いた言葉を発する誘惑に抵抗するのが難しいことは私も知っている。的を射た言葉であるときはなおさらである。

その直後、訴えはオランダに移され、私はそこでゴキブリの危険性がどれほど恐ろしいものかを理解した。オランダの司法については何も知らなかった。フランス司法についての私のとりとめのない知識は、先ほど話した「評決」という素晴らしい番組から来ていた——たとえば、このシリーズを見る前は、「私訴原告人」がつまるところ何であるのかをまったく理解していなかった。この番組からは、あまり道徳的ではない、もうひとつの教訓を、毎回変わることなく引き出すことができる。殺人者は、減刑を望むのであれば、説得力のあるやり方で後悔を表明し、被害者の家族に対して、感情を込めて、さらにはうっすらと涙を浮かべて、赦しを乞うたほうがいい。あたかも、それで何かが変わるかのように。あたかも、裁かなければならないのは人であり、行為ではないかのように。「木はそれぞれ、その実で分かる。茨《いばら》からいちじくは採れず、野ばらからぶどうを摘むこともない」（「ルカによる福音書」六章四十四節）。いずれにせよこれは刑事訴訟の話だった。私はまだそこまでは行っていなかった。

　アメリカの司法については、ジョン・グリシャムの小説を読み返すようになってから、もっと多くのことを知っていた。ジョン・グリシャムにはもう期待できないと少し考えは

＊1　二〇〇七年、当時大統領だったニコラ・サルコジは、あるテレビ番組で、裁判官が皆似たような人物ばかりであることを批判して、「グリーンピース」のようだと述べた。

じめていた。「弁護士スリラー」を華々しく創始したあと、そして最後の成功作である『原告側弁護人』を発表して以降、停滞をつづけ、新境地を開くのに苦労しているように見えた。そのため、まったくの偶然から、『スキッピング・クリスマス』を手にしたとき（フランス語のタイトルは忘れたが、よく似たものであったはずだ）、嬉しい驚きだった。ちょっとした本当に愉快な小説で、アメリカの郊外住宅地という私には未知の世界が舞台で、アングロ・サクソンの社会におけるクリスマスの悪趣味に焦点を当てていた（これについては、アイルランド滞在以来、私もよく知っていた）。裁判に関係するものはいっさい出てこない。しかしながら、グリシャムの真価を知ることになるのは、もう少しあとになってから、彼が弁護士と法律家の登場人物を再び取り入れ、作品の舞台を、自分の出身地でもあるディープ・サウス、とりわけミシシッピ州に移すと決めたときである。私が最後に読んだ作品、『ザ・レコニング』は、本当に神秘的で衝撃的な素晴らしい本である。

　彼の中でこのような変化が起こったとき、ジョン・グリシャムは四十代で、ゴキブリとほぼ同じ年齢だった。ゴキブリが今まで示してきたいっさいの才能の欠如は決定的なものであると考えるとしたら、それは厳し過ぎるだろうか？　私はそうは思わない。ひとつには、グリシャムはそれなりの出来の作品をいくつかすでに生み出していたが、オランダの虫けらの場合はそうではなかった。それに、最も長い成熟を要する芸術であると伝統的に考えられている、小説という分野においても、あのような突然の変化はまれだからである。最も劇的な変化のひとつ、とにかく私のお気に入りは、テオドール・フォンターネ〔十九世紀ドイツの作家〕が成し遂げたものだ。それまで注目に値するものは何ひとつ書いていなかったにもかかわらず、テオドール・フォンターネは六十歳になると、小さな傑作の数々を途切れることなく生み出し始めた（小さいのは作品の規模だが、結局はそれも重要である。好きになり始めると、余計なものは何もない）。フォンターネに敬意を表すためには、クロード・ダヴィッドが彼自身もトーマス・マンに大いに頼りながら書いた「ブカン」叢書〔ロベール・ラフォン社が刊行していた叢書〕の序文の終わりを、引用するに如《し》くはない。この叢書にはフォンターネの最も優れた作品の中から四作品が収められていて、映画のおかげで最も有名なのはたしかに『エフィ・ブリースト』[*1]であるが、私のお気に入りは『迷い、もつれ』である。ちょうどこの作品の話をしているところだし、二冊の本を読んでもさほど明白なことではないから言っておこう。オーレリアンとマリーズがボージョレの山々で過ごす幸福な一日〔『滅ぼす』第四部第五章〕

＊1　一九七四年にライナー・ヴェルナー・ファスビンダーによって映画化されている。

は、ボートーとレーネ〔『迷い、もつれ』の登場人物〕の唯一の幸福な一日、二人が造船所へピクニックに行く日から、きわめて直接的な着想を得ている。

「フォンターネはドイツ小説の歴史において決定的な転機を画している。彼のあとでは、もはや以前のように書くことはできない。フォンターネは一八九八年に死ぬ。三か月後、トーマス・マンは『ブッデンブローク家の人々』を刊行する。この本はフォンターネの直接の後継者である。それに、トーマス・マンはその恩義をけっして否認することはなかった。〔……〕一九一〇年、この街の「ティーアガルテン」でフォンターネのモニュメントの落成式が行われた際、ベルリンの新聞に質問されて、彼はすでにこのように答えていた。〝フォンターネは私たちの父です……。ドイツの詩において、これほどの高邁さが、このようなてらいのなさに結びついていることがあるでしょうか？　長々と無駄なおしゃべりをしているように見えるときでも、彼は詩人でした……〟さらにつづけて、〝彼の詩句のひとつひとつ、彼の手紙の一行一行、彼が書いたセリフのほんのわずかな部分が、たちまちのうちに、私を衝動的に恍惚とさせ、気持ちを晴れやかにし、元気づけ、幸せで満たすのです〟。〔……〕トーマス・マンはフォンターネの系譜にいつまでも留まってはいないだろう。その後、『魔の山』や『ファウスト博士』では、別の道を選ぶだろう。物語に問題やイデオロギーを詰め込むだろう。知的な生活、知識人の運命を分析するだろう。ロベルト・ムージルは別の方法で同じ目的を追求するだろう。今日、我々は彼らの作品を喜んで読む。しかし、これらの野心的な大作が崩れ落ちたとき、フォンターネのつつましい作品がその後に残らないと、決まっているわけではない」

この序文の最後の一文を引用するのは、かなりの勇気が要る。私がトーマス・マン以上に敬服している作家はほとんどいないからだ。しかし、彼が「物語に問題やイデオロギーを詰め込んだ」ことは疑いようがない。私も同じようにしたこともやはり疑いようがない。少なくとも、自分の人生にはそういったものをもう詰め込まないと、心に決めた。

同業者の何人かとは違って、リチャード・ニクソンと似ていることを殊更に強調するようなブロンクスの怒りっぽい弁護士を、ジョン・グリシャムが登場人物として濫用しているとは言えない。もしそのような人物が存在するなら、どう考えても実際に存在するのだが、オランダの訴訟に必要なのはそれだと、私は幾度も熟考を重ねた。私の担当者のような正直な弁護士は、良心のとがめを感じない卑劣漢の前では、どうしても弱い立場に置かれる。その点では、ゴキブリの弁護士であるクリスチャン・アルベルディンク・ティムは、依頼人に負けていなかった。何週間ものあいだ、彼はこちらの弁護士に、ゴキブリと彼自身の最大の望みは交渉に入ることだと信じ込ませた。私は嘘だと確信していたが、ジャクリーヌよりも先に気づいたことを自慢するつもりはない。数か月前からゴキブリの相手をしていて、彼女よりよっぽど有利な立場にあった。結果として我慢ならなかったのは、「進行中の交渉の妨げにならないように」、沈黙を守らなければいけなかったことだ。ゴキブリはそのあいだにも、メディア、とりわけフランスの日刊紙「リベラシオン」に、したり顔で登場していた。メス豚と一緒のことが多かったが、あるときは、オランダのテレビ局のために、七面鳥をお飾りとして連れていた。当然のことながら、いかなる交渉も進んでいなかった。クリスチャン・アルベルディンク・ティムは時間稼ぎをしていたのだ。

そう、時間である。だが何のために？　ゴキブリが「編集を仕上げる」ことができるように？　まさか、そんなわけはない。彼がキラクを始めてからインターネットに公開していたようなクソを仕上げるためには、二、三日あれば十分過ぎるくらいである。実際にはゴキブリと弁護士には二つの動機があった。

ひとつは、純粋なサディズムである。交渉をちらつかせておきながら、約束はけっして守らないことで、クリスチャン・アルベルディンク・ティムはジャクリーヌに対して、ゴキブリ自身が「ハニーポット」でシド・リュカセンに対したのと同じように、振る舞っていた。

もうひとつは、金銭目的である。ゴキブリの弁護士は問題を長引かせることで、時給六百ユーロの高額な弁護費用の請求書をよりもっともらしいものにしていた。彼はもちろんこの費用を最後には私に支払わせるつもりだった。彼はまず、弁護士費用の支払いを交渉に含むように要求することで、それを試みた――私は断った。彼はいま、裁判によって同じことを試みている。現実には、彼は無償で働いていた。専門用語で言う「プロボノ」だ。卑劣漢二人はおそらく詐欺の儲けを山分けするつもりでいた。半分半分だろうか？　クリスチャン・アルベルディンク・ティムが犯した唯一の誤りは、彼がこの事件に期待しているただひとつの喜びは、いつもそうであるように、言論の自由の最後の砦になることであって、ゴキブリのためには無償で働いていると、インスタグラムで得意げに吹聴したことである。

ジャクリーヌは交渉についての誤りを悟ったが、メディアには何も話さないようにと私に指示をつづけた。報道機関を通して圧力をかけようとするのを裁判官は嫌うからというのが今度の理由だった。ゴキブリの弁護士による交渉の約束に比べれば、私はまだこの言葉のほうを信じたが、たいした違いはなく、今度は指示に従わないことに決めた。私はオランダの裁判官については何も知らなかったが、フランスでの経験がむしろ明らかにしていたのは、裁判官は行政権の前では尊大だが、メディアの前では卑屈になるということだった。グリーンピース。

　最後に同種の反対意見をもうひとつもらった。今度はこの本そのものの執筆に関してだった。ゴキブリにこのような役を与えることで、彼を過度に重視することにならないか？　不朽の名声を与えてしまう危険はないか？　そんなものにはまったく値しないのに。

　たしかに、ある意味ではその通りである。しかし、明らかに邪悪な人物も時には必要だ。それに、現実の人生においては、ここまで完璧な卑劣漢の例、完全無欠に出くわすことは幸いにもまれである。ゴキブリはその点では文句なしだ。不朽の名声については、ゴキブリがそのことで何か考えているとは思わない。「ヒポクラテスの誓い」[*1]の最終段落は、驚くべき簡潔さとエミール・リトレ[*2]の非常に美しい散文が差し出す格調高い表現によって、古代の道徳の原理とその心理的な起源の両方を凝縮していると、私は常々考えてきた。

＊1　ヒポクラテスは古代ギリシアの医師。「ヒポクラテスの誓い」は医師の職業倫理について書かれた宣誓文として名高い。

＊2　十九世紀の文献学者。ヒポクラテスの著作をフランス語に翻訳した。

「私がこの誓いをまっとうし、これに背くことがなければ、生活と職を幸せに楽しむことができますように。人々からいつまでも敬われますように。私が誓いを破り、宣誓に違反するようなことがあれば、その逆の運命をたどりますように」ゴキブリの心理に同じような現象が生じる可能性はあるだろうか？　そんなことはないと思うし、有名な「十五分間の名声」[*1]が彼の主要な行動理由であるとすら思わない。私としてはむしろ苦痛を課す悦びと純粋な金銭欲が同率で一位だと考えたくなる。ウォーホルの十五分間は三番目にしか現れない。

私自身の行動理由について言えば、いくつかの種類がある。復讐と憎しみが有効な原動力であることはずっと前から知っていて、というよりそういう話を聞いたことはあったが、直接体験する機会はなかった。私の小説に登場する明らかに邪悪な人物は、詳しく描かれることはまれで、数も少なく、今までのところ、現実のモデルはいっさい存在していない。ディ・メオラは『素粒子』に何回かちょっと顔を出すだけだし、チャールズ・マンソン〔米国のカルト集団の指導者〕とボビー・ボーソレイユ〔マンソンの信者の一人〕という有名な事例を別にすれば、ノルウエーのデスメタルの無名の分派のほかには、何も参照していない。ユズ〔『セロトニン』に登場する日本人女性〕

についてはもっと調べているが、その存在は幻想化された日本のイメージにもっぱら依拠している。そのイメージは、実際に不快ないくつかの写真といくつかの史実に培われたものであり、史実については第一に南京大虐殺を挙げなければならない。最近、ジャーナリストのエリザベス・フィリップが私の小説の登場人物のインディー〔『滅ぼす』に登場する女性ジャーナリスト〕は自分であると思ったという話を聞いた。そうなのかもしれないが、私はジャーナリストのエリザベス・フィリップを知らなかったし、いまでも文章を通してすら知らない。

それでもやはり、馬鹿なゴキブリに対する憎しみのせいで、時間を無駄にした。もうそれほど時間はないというのに。それに、憎しみやゴキブリどもよりもはるかに魅力的な現象である、愛を描こうと試みることも時にはできたのに。しかし、主題や状況をいつも選べるわけではないし、どうしても執筆をつづけなければならないときもある。

道徳的な目的もやはり存在しているが、それはまだ触れていない側面である。バルザッ

＊1　「将来、誰でも十五分間は世界的な有名人になれるだろう」というアンディ・ウォーホルの発言に由来する表現。

クは、レールモントフとほとんど同時期に、ほとんど同じことを言っている。いずれの場合にも、一般的な悪を描くのではなく、現代的な悪を描かなければならない。ドストエフスキーも、本人がたぶん思っていたのとは違って、同じ立場だ。ブレット・イーストン・エリス〔米国の小説家〕も同じだが、彼の場合はまったく意識的である。ヒューバート・セルビー・ジュニア〔米国の小説家〕の場合は判断がより難しく、とりわけ『悪魔』に関しては、徹底的に検討するだけの価値があるだろう。実際には、私が読んでいるもののなかでは、ボードレールだけが、『悪の華』のエピグラフに以下の詩句を選ぶことで、より広大な野心をはっきりと誇示している。

忌まわしきものはすべて、忘却の井戸や
墳墓の底に、沈め、閉じこめるべし、
また、文書によりて甦らされたる悪は
後の世の風俗を頽廃せしむべしと、人は言う。
されど悪徳は知識を母として生まるるにあらず、
また美徳は、無智の娘にてはあらぬなり。

（テオドール・アグリッパ・ドービニェ、『悲愴曲』、第二篇）

ランボーとは違って、ゴキブリは断固として現代的である[*1]。この点におけるランボーの曖昧さは素晴らしいものではあるが。ゴキブリについて指摘できる最も古い点は、既存の芸術界をこきおろし、さらには罵倒するという、少なくともシュルレアリストにまでさかのぼる、あのテクニックであり、その目的はというと、芸術界に自分の場所を確保することである。ちょっとした場所で十分であり、もはやピカソの時代に生きているわけではないことは、ゴキブリもよくわかっている。だが、ゴキブリの英雄であるピカソの事例については、またあとで話そう。一世紀が経って、市場の期待は大きく多様化したが、チーズもまた脂肪分が多くなり、金持ちはとても金持ちである。いまでは、ほんのちょっとの場所があれば、ゴキブリとその小さな家族を養うには十分だ。すでに見たように、彼は家族を大きくするためなら、どんなことでもするつもりであったとはいえ。ゴキブリの精子は途方もない野心を持っているから。

＊1　ランボーの有名な詩句「断固として現代的でなければならぬ」を踏まえている。

すべてを録音し、知人や関係する人たちについて常時調査するという、ゴキブリの偏執は、それだけでも現代的だ。彼の中で恐喝者はけっして完全に眠ることはない。スリラーの世界の外では、このような行為はいままでむしろ、政治ジャーナリズムの世界（ダヴェとロム）[*1]や政治の世界（パトリック・ビュイソン）[*2]で見られるものだった。

美を物理的に批判すること、あるいは少なくともそのように計画することは、非常に古くからあるが（ヘロストラトス）[*3]、それと同時に非常に現代的でもある（現代の環境活動家）。

結局のところ、ゴキブリは現代性の主要な性格を自分のものにしていたが、悪においてすら、いかなる革新も生み出していなかった。それに彼は、捕食生物ではなく寄生生物に分類されるべきであり、というのは自分よりも体の大きい生物の中でしか生き残れないからである。したがって、私を利用したあとで、私を破滅させることに決めたのは、驚くべきことだ。この決断は、私からはもはや何も期待できないという当然の事実から、説明がつく。私はいままでは手口を知り尽くしているから。完全な破滅は彼の威光を高めることになるが、必ずしも未来の被害者に対する警告にはならないだろう。彼はこれからどのような標的を選べばいいだろうか？　一見したところでは、高名な聖職者を勧められるかもしれない。聖職者たちは、その地位のために非人間的な純潔を守っているが、唖然とするようなお人好しな性格を時としてさらけだす。この性格は想像上の愛の神との関係によっていっそうひどいものになっている。しかしながら、他の道筋も無視してはならない。たとえば、ゲノン主義者を狙うこともできるだろう[*4]。これはあまり知られていない標的だ。ゲノン主義者は、不正確で珍しい思想に慣れ親しんでいるため、現実世界についてはまったく無知のままでいる。この企ての難しい点、ほとんど不可能性ですらある点は、有名なゲノン主義者を見つけ出すことだ。しかし、取るに足らぬゲノン主義者であっても、著名な俳優や歌手といった、もっと重要な標的に狙いをつける前に、ゴキブリが勘を鈍らせないでおくために、力試しをする役には立つだろう。著名な歌手や俳優は、広範な人々との交

＊1　ジェラール・ダヴェとファブリス・ロムは「ル・モンド」の記者。共著で多数の著作を発表している。

＊2　著作家・ジャーナリスト。極右のイデオローグとして知られる。サルコジ大統領の顧問を務めていたが、大統領の会話を無断で録音していたことがのちに露見した。

＊3　古代ギリシアの羊飼いで、自分の名前を歴史に残すためにアルテミス神殿に火を放った。

＊4　ルネ・ゲノンは二十世紀の思想家。秘教についての著作を数多く残している。

流により、純粋さを保っているが、より教養のある人々の支持を得られないことをひそかに苦しんでいる。彼らはずっと前から、自分たちが従っている宣伝上の義務のために、滑稽さの感覚を失っていて、こうした人々にとって精髄であるのはおそらくコンテンポラリーアートであると考えている。ゴキブリにとっては格好の標的だろう。ただし、餌《アパ》（色香《アパ》）のストックを入れ替える必要はあるだろう。メス豚の色香ではまったく不足である。その他のこと、「八歳のときからあなたの一番の大ファンなの」については、新しいものにする必要はない。有名な俳優や歌手の虚栄心は有名作家のそれとほとんど変わらない。

これらの社会学的な考察は関心に値するものだが、本来の探求から遠ざかってしまった。キラクの現代性にはまだ何か理解できないところがあった。そのため、私は仕方なく「ハニーポット」をもう一度見ることにした。彼らの最大の成功作であり、シド・リュカセンの恥辱によって、彼らがオランダでまあまあ有名になった映画だ。

まず、大きな音を立てて、鍋に入ったムール貝が床にばらまかれる。これが映画の最初のショットであり、積極的な醜さ、何らかの美学的な意図すら表す、唯一のショットでもある。これは「ストリップショー」〔ベルギーのテレビ番組〕や「ありふれた事件」〔ベルギーの犯罪映画〕の世界であり、要するに「ブリュッセルのヨーロッパ」と呼ばれるものの中心である、あのうんざりするような平板な地帯を特徴づける現代性の只中にいる。この人たちが安楽死を熱狂的に迎え入れたのもよくわかる。オランダにおけるモロッコ人の地位についてくだらないやり取りが交わされたあと、新たな人物、マムシが現れる。ゴキブリのパートナーで、本名はケイト・シンハ。彼女がシド・リュカセンに電話をかける。通話は二分ほどつづく。哲学者が涙を流し悲嘆に暮れるのをマムシは楽しむが、涙と悲嘆の原因は私たちにはわからないままだ。次に約三分間にわたる性交がつづき、極右の肉体労働者（要するにこの地域のルペン主義者）に加えて、メス豚ともっと短い時間ではあるがメッテ・ファン・ダイクも登場する。フランス語を話すこの牛女については前にも短く言及したが、「ハニーポット」を最初視聴したときは出演していることに気がつかなかった。彼女たちは、特にこれといった説明もなく、「左派の学生」ということになっている。

　それでも今度は理解した。そして二回目にして最後の視聴を最初の七分で中断した。フランスのカトリック保守派の反ポルノキャンペーンは、私には常に、見たところ重要性を欠いた、突飛《とっぴ》な気まぐれに見えていたが、それでも居心地の悪い思いをさせられてきた。それほど、ヨーロッパのカトリック、とりわけ南ヨーロッパのカトリックの伝統に反していると感じられていたのだ。また、こうしたキャンペーンは、何世紀も前に締結された「肉欲の罪」とそれに付随する他の小さな罪との暗黙の協定を破ることによって、この宗教の死刑判決におそらく署名しているとも感じていた。このキャンペーンはアメリカの福音派の発展を利することにしかならない。この一派は少なくともその歴史的なピューリタニズムにおいては首尾一貫していた。あるいはもしかしたら、カトリックはいままでもずっと世界を破壊することを隠れた目的にしていて、色欲との一時的な和解に同意したのは、色欲が強く感じられたときだけであったのかもしれない。いまはもうそういう時代ではなかった。当然、私は、たとえばエックスビデオのサイトでダウンロードできるポルノ映画の全部を、保証していたわけではない。私が保証していたのはせいぜい二、三パーセントである。しかし、私が禁止しようと迷いなく考えたのは、おそらくずっと少なくて、たかだか一パーセントである。二、三パーセントというと、少なく見えるが、莫大な流通量を考えれば、それだけでも相当な数であり、私個人としても優に百本を超える動画をダウンロードしたはずである。他にも、より内密なサイトが存在していて、私としてはその存在を忘れたいと思っている、性的逸脱（獣姦やＳＭ）を扱っていることを知っていた、というよりもそう推測していた。小児性愛に関しては、ダークネットに閉じこもっていて、そこから出てくる可能性はほとんどないと考えていた。「ハニーポット」の冒頭数分のあいだに、人生で初めて、性行為には何か汚いものがあるという印象を抱いた。あらゆる性的逸脱は別にして、性行為それ自体に対して、そのような印象を抱いたのだ。ルペン主義者のペニスがせわしなく動くのを見て、自分がペニスを持っていて、それを使用していることを、初めて恥ずかしいと思った。若い頃に上映に立ち会えたいくつかのポルノ映画よりも、はるかに深刻だった。それらの映画は、愚劣で、醜悪で、つまらなかったが、汚いところは少しもなかった。性行為への惨憺《さんたん》たる手引きであり、この手引きに従った男女には本当の再教育が必要だろう。だが、性行為そのものに対する冒瀆《ぼうとく》ではなかった。それらの映画が特に明らかにしていたのは、ポルノ映画のプロの監督たちが観客に対して軽蔑的な見方をしていたということだ。キラクの映画はというと、性行為に本物の不快感を抱かせかねなかった。何度も繰り返して鑑賞をつづけた場合、たぶん決定的な嫌悪感を持つことになるだろう。彼らの映画が断固として現代的であるのはその点だ。宗教への言及はいっさいなく、フェミニズムについてはなおさらで、それどころかフェミニズムを馬鹿にしていた。そこには芸術的な創造に似たものは皆無だった。だが、本物の邪悪な知性が息づいていた。ゴキブリは疑いなく運動のリーダーであり、具体的な行動に移らなければいけないとき、運動を統合する原理だった。弁護士のクリスチャン・アルベルディンク・ティムには、首尾よく手助けしてもらっていた。支援者のフィリップ・ファン・デン・フルクには、気前よく助成金を出してもらっていた。この人物のことはいままで話していなかったが、それは何も言うことがないからだ。その役割は計画の続行に必要な資金を提供することに限られている。しかし、ゴキブリは、確固とした実務的な才覚と生来の嘘の才能を備えていて、要するに悪巧みに長《た》けていたが、何かしらのアイディアを生み出す能力はまるでなかった。運動の本当の理論家は、彼のパートナーで子供の母親、マムシであると次第に思われてきた。ミュッセ〔フランス・ロマン主義の詩人〕はどこかで、マクシミリアン・ロベスピエールにも母親がいたこと、乳母すらいたこと、彼もかつては子供であり、幼子ですらあったことに、彼特有の率直さで驚いている。私自身はロベスピエールを悪の精髄とは見なしていないが、それでも彼の驚きは共有する。ラマルチーヌ〔フランス・ロマン主義の詩人〕は『ジロンド派の歴史』において、フランス史でおそらく最も突飛なこの奇妙な人物の分析をさらに先へと進めている。彼にはほとんど考えられないことを描こうと、敢然と身を投じている。ロベスピエールが語の通常の意味で「清廉の士」でありえたこと、物質的な豊かさには引きつけられなかったことを、ラマルチーヌはあっさり認めている。だが、女性に対しても同じような無関心を示していたこと、これは彼の理解をほとんど超えている。マムシはさらにもっと陰険な何かで、ラマルチーヌにはおそらく理解できない。女性の残忍さは、男性優位主義の男たち、とりわけ男性優位主義のロマン主義者たちを、常に当惑させ苦しめてきた。ラマルチーヌは、嫌悪感をあらわに、ただし驚くことなく九月虐殺について詳述しているが、「編み物女」[*1]に対してはもっと苦労している。ラマルチーヌの知性がついに屈した謎とは、女性の残忍さは何かしらの反応から生じる二次的な残忍さであるということだ。女性の残忍さは復讐という性格を常に持っている。

邪悪で陰気なマムシ。知性ではゴキブリにまさっているが、身体的に彼の被害者であることに変わりはなく、パブロ・ピカソと運悪く出会ってしまった女たちの運命を、時代を超えて繰り返していた――ただしもっとみじめに。世界はとにかく終わりに近づきつつあり、もはやちっぽけな悪党にしか居場所はなかった。第一次世界大戦の直後、ペニスを勃起させたうつけ者は、魂が十分に醜く、十分に活動的でありさえすれば、まだ芸術界を征服することができた。ピカソが事物や特に生物を醜く歪《ゆが》めるのは、彼の魂が醜いからだ。

*1　フランス革命時、政治集会や死刑執行に編み物を持参して立ち会っていた女性。

それは二十世紀が本当に始まるために必要なことでもあった。ピカソがあらゆることの上位に置いていた、ペニスを勃起させたうつけ者としての快楽は、セックスよりもはるかに悪にもとづいていた。彼は二十世紀におけるサドに相当する存在になれるだろう。ピカソが女性をさいなむためにまったく独特の才能を発揮しているという点を除けば、同じ残忍さがそこには現れている。サドはこの世界を嫌悪していて、破壊することを望んでいた。私も目的についてならどうにか同意できただろうが、手段については違った。最も重要なのは手段である――トルストイの手段は尊敬できるが、サドの手段は嫌悪を催させる。面倒な調査を行わなくとも、グーグルでちょっと調べるだけで、ペニスを勃起させたスペインのうつけ者が、女性を王女と娼婦に分けていたことがわかる。一度寝ると、王女は娼婦に変わり、生贄として彼の生来の残忍さに捧げられた。ゴキブリはマムシとセックスして、彼女をはらませ、そのアパルトマンでくつろいでいた。そうやって、自分のペニスの存在を日常的に押しつけていたが、他の女たち、特にメス豚に、フェラチオしてもらっているところを無理やり見せつけることで、可能な限り頻繁に彼女を辱めることも忘れなかった。そういうわけで、マムシがペニス一般に対して憎しみを覚えるようになったのは、何ら驚くべきことではない。彼女はこの憎しみを理論づけることができたし、「ハニーポット」

の冒頭四分目から七分目にかけて、ルペン主義者のペニスの嘆かわしい動きによって、それを表現することもできた。

　これは特別なことではないが、キラクの運動は彼らが主張しているのとは正反対の意味を持っていた。この運動は、理屈の上では男根の賛美から出発して、あらゆる正常な性行為への嫌悪に行き着いていた。私は「正常な」という言葉を、苦痛ではなく快楽にもとづき、いかなる恥辱も強制も生じさせないという意味で用いている。キラクの解体はかつてないほど望ましいものに思えたが、それはたいした問題でないことにも気づいていた。マムシとゴキブリが考え出し、そして実践しつづけたことは、二十一世紀初頭を特徴づけていた、アセクシュアリティへの巨大な動きから派生的に生じたものに過ぎない。この大きなうねりは、人口消滅というまったく単純な手段で、現代を崩壊へと押し流そうとしていた。幕切れに立ち会うには、私は歳をとりすぎているだろうか？　もはやそれすらわからなかった。この消滅を残念に思う正当な理由がひとつでもあっただろうか？　私の疑いはますます強まっている。

三月二十八日に、今度はアムステルダムの裁判所で、二度目の敗北を喫した。今回は本当につらかった。オランダの裁判官はフランスの裁判官よりも有能で厳格だと考える正当な理由は何ひとつなかった。しかしながらそれこそが、私が期待していたことだと気づいたのは、評決のあとになってからだった。モロッコの件につづいて、同じ現象が繰り返されたのは、数か月のあいだで、これが二度目だった。まったく、自分の国に対して、何とも情けない意見を持っていたものだ。残念なことに、アムステルダムの裁判所の判決は、気の滅入るような一般化へと、私を向かわせた。私は人間の裁きをだんだんと信じなくなっていた。シャーロック・ホームズが最良の瞬間に言うような「もっと高いところにある法廷」の存在を信じたことはけっしてなかった。他人に復讐を任せるのはもはや不可能であり、できれば邪魔されないようにしながら、私的に復讐を果たすことが再び必要になっていた。私たちは種の進化のずっと前の段階に連れ戻されていた。その上、私は信仰を信じるのをやめていた。私が言いたいのは、人間たちがその周りに集まるふりをしている、政治的、哲学的、宗教的な思想のことである。愛はまだ信じていた。

　私にはまだ控訴を申し立てる可能性が残されていた――「申し立てる」という動詞はいままで一度も使用したことがなかった。そういうわけで、特にフランソワの助言に従って、控訴を申し立てるつもりだ。彼の比較によると、事件にすでに費やした金よりも、この最後の努力に必要とされる金のほうが、実際少なかった。控訴が上手くいくとはまったく思っていなかった。十二月二十一日の晩、契約書に署名することで、数分のうちに、私は自分自身に刑を宣告したのだ。ちょうど冬が始まる日だった。私はいまいる地獄から抜け出せるだろう。ここは長く生きつづけられるような場所ではなかった。だが、そのあとで再び冬に沈み込むだろう。その冬は長くつづく運命にあった。「冬の旅〔シューベルトの歌曲集〕」が数年つづき、そして終わりだ。私にはひとつだけやることが残されていた。私にできるただひとつのこと。三月三十一日の夜にこの物語の執筆を始めた。

フランスのメディアにおける私の立場は、すでに見たように悪化していた。敵はさらに辛辣さを増し、友人の一部は私を裏切ったが、とりわけ、私に発言の機会を与えることはもはや問題にすらならなかった。私に関する出来事は、私に不利なものであるときはまだ、詳しく語ることができた。だが、私の意見はもはや誰の興味も引かなかった。しかしながらそれはまだ、最も奇妙なことではなかった。

最も奇妙なのは、社会における私の存在がいかなる点においても変わっていないことだった。ほとんど全員が、情報はすぐに入れ替わって、すぐに忘れられてしまうと言って、ポルノ映画のことで私を安心させようとした。ほとんど全員が間違っていた。このポルノ映画はけっして忘れられることはない。再びカフカを引用すると、死んだあとも恥だけは生き残る。もはや何事もけっして忘れられることはない。このことを知っているのは奇妙にも私一人だけのようだった。ほとんど毎日、通りですれ違う読者に、最近テレビで見たと声をかけられた。最後にテレビに出演したのは、二〇一五年九月、『服従』刊行時にさかのぼる。読者は本気で間違えていた。彼らはおそらく他のフランス国民に比べるとテレビをほとんど見ていなかった。私には理解できた。テレビ視聴者としての私の習慣については前に話をした。私の習慣はどちらかと言うと直近の時事問題とは関係のない番組へ向いていた。十歳から十二歳のときのヒットパレード（ＲＴＬとウーロップ・アン〔いずれもフランスのラジオ局〕）を例外として、ラジオは一度も聞いたことがなかった。新聞や雑誌を買ったことはあるはずだが、ずっと以前のことで、おそらくそれほど頻繁にではなく、何も記憶していない。どのようにして情報を得ていたのだろうか？　ほんのわずかな程度であるが、キオスクの店先を眺めることによって。これは私の散歩好きの側面である。だが主として、皆と同じようにインターネットで。つまりは何も情報を得ていなかった。インターネットで検索を行うとき、上位に表示されるのは、ブラウザを設定しておかない限り、最新の結果ではない。私がインターネットを見るのとほとんど同じくらい頻繁に、読者は私がテレビに出ているのをインターネットで見ていたのだ。言ってみれば、時事問題はもはや存在しなかった。

　私は、より政治的、イデオロギー的な面では、完全な無神論へ向かっていた――時として、特に革命の時代については、底意地の悪い神々による介入があったと考えてはいたが。しかし、思想をだんだんと持たなくなってきていたのに、周囲からは思想があると思われつづけていた。カトリック右派との関係は再び冷え込んでいたが、カトリック左派の生き残りとの関係は改善していなかった。私は移民の無条件受け入れはあくまで誤りであると考えていた。国民全体が移民の殺到をますます激しく拒否しているのに、それを同化するように強いるのは、ガチョウの強制給餌《きゅうじ》を漠然と連想させ、中期的に見て実行不可能であり、自殺的ですらあると思えた。国民を意思に反して永遠に統治しつづけることはできない。マキャヴェリであってもこの意見に反対はしないだろう。たしかに、君主は恐れられるのが望ましいが、絶望が深まったとき、恐れには限度がある。近々反乱が起こると信じているわけではないが、解体が進むのはより確実だと思われた。税に対する同意は徐々に失われ、人々は選挙人名簿にだんだん登録しなくなり、不法労働が蔓延する、等々。移民の出身国への影響はさらに一段と深刻だった。国力の大部分を失い、あらゆる発展の見通しから遠ざかっていたが、そのあいだも人口は常軌を逸した水準にとどまっていた。キリスト教の思想は世界を破滅に導きつづけているように思えた。

　したがって、私とキリスト教の関係がこれほどまでに険悪であったことはいまだかつてなかった。それに対して、イスラム教との関係は緊張緩和が顕著に進み、その動きは私が「ライシテ陣営」に対してますます苛立ちを募らせていたことでさらに加速していた。私はけっして「啓蒙の世紀」を好きになったことはなく、フランス革命にはますます嫌悪を募らせていた。長い目で見れば、いかなる社会も宗教なしでは成り立たないし、ましてや望ましくないと、確信しつづけていた。誤解のないように言っておくと、私は実証主義者のままだった――コント派の実証主義者である。幾人かの間抜けには、このことだけで、私をもうひとりの有名なコント主義者、シャルル・モーラス[*1]と比較するのに十分だったが、そんなことはまったくどうでもよかった。モーラスはたしかにコントの読者だったが、逸脱した読者である。コントは「反動政党」の主張にはけっして賛成しなかったし、カトリシズムの影響力を「大部分は消えた」と見なしていた。私はより正統なコント主義者だった。

　ユダヤ人に対しては、問題を抱えたことは一度もないし、どう考えても何か問題があったとは思えない。

安楽死反対運動の主張は一定の役割を果たし、その役割はさらに重要なものになりそう

＊1　二十世紀の作家・思想家。右翼団体「アクション・フランセーズ」を率いて、圧倒的な影響力を持った。

だった。私は道徳上の優先事項を決めていた。結論は出ていた。偶然読んだ対談で、哲学者のラファエル・エントヴェンが、私の存在論と倫理のあいだには矛盾があると考え、驚いていた。[*1] 彼は明言していないが、私を唯物論的存在論の信奉者と見なしていた。それは事実ではない。私は精神以上に物質を信じていない。当然、物質は必要不可欠なものに見える。物質は、私たちが自分の体に対して抱く意識を通して、常に重みを持つ。その意識は、多くの場合、不幸であるが、他の体と触れ合うことで、時として幸福になることもある。性行為についてはすでに話した。だが、筋肉も内臓も計測機器ではない。私が信じるのは、計測機器であり、これらの機器の目盛り盤に表示される結果であり、結果のあいだに確立できる数学的な関係である。この面においても、何よりもこの面において、私は実証主義者である。

より個人的な面では、残った友人はほとんど全員一致で、私がこんな話のためにいまのような状態に陥っていることに驚いていた。いずれにしても読者はまったく気にしないと、彼らは保証してくれた。彼らが間違っていなかったことは事実が示していた。ゴキブリは当初、私が主人公のポルノ映画「キラク27」を、三月十一日に公開するつもりだった。『滅ぼす』はオランダで十日に刊行されていた。なぜ、十日ではなく十一日に公開するのか？　彼は公開上映会を計画していて、十一日は土曜日であり、午後に席を売れる可能性が高かったからだ。どんなに小さくても、利益は利益だ。

　訴訟のために映画の公開は延期された。だが、オランダの新聞は盛んに映画の話を取り上げた。例外は文芸批評家で、彼らは事件のことはほとんど無視して、本の内容に集中することを選んだ。私の読者について言えば、彼らはいつものように本を買ってくれて、つまりオランダでは割合よく売れた。一般大衆の目から見ると、ゴキブリもマムシもメス豚もまるで存在しなかったかのように、オランダではすべてが進んでいた。この平常通りの営《ビジネス・アズ・ユージュ》業《アル》という面には、安心させられると同時に困惑もさせられた。というのは、私の最初の反応はあまり適切でなかったことを示していたからだ。たぶん、実際のところ、私はかっとなり過ぎてしまったのだろう。たぶん、このひどく疲弊する訴訟にも身を投じるべきではなかったのだろう。一見すると納得できることかもしれないが、結局、私は正しかったと思う。あんな風に、あれほどまでに、相手にされるがままになっていることは、もはやで

＊1　安楽死をめぐって哲学者のラファエル・エントヴェンがナンテール司教のマチュー・ルージェと行った対談を指す。「フィガロ」紙のサイトに二〇二三年三月二十四日に掲載された。

きない。

　この奇妙な時期、私を完全に理解してくれた唯一の人は、私よりもはるかに有名な人物、ジェラール・ドパルデューだった。これはまったく偶然ではない。映画「タラソ」[*1]でジェラールと共演してから、「フォーブス」[*2]の長者番付に相当するような名声《フェイム》の番付に自分が入ったことを理解し始めていた。より正確には、「シャランジュ」[*3]の番付かもしれない。フランスに限定することにしよう。ジェラールは、彼自身が一位から三位までのレベルにいて、私が六十七位と八十五位のあいだのどこか、まあとにかく番付に入っていることをわかって、対等に話してくれた。私たちは二人とも治外法権の領域に入り込んでいた。この領域は、他の人たちに通常課されるのとは違った義務を伴うが、優遇措置はもはやそれほどない。時代は目に見えて意地悪になり、名声ゲームは殺戮ゲームにだんだんと似てきていた――金持ちは、有名になるのを避けてさえいれば、このゲームは免れていた。スターがなぜ他のスターともう寝ることができないのかを、私はほぼ理解するに至った。他の時代には、フランスのスター（ルイ・ド・フュネスやリノ・ヴァンチュラ）はこのような不運を免れていた。しかし、それは他の時代であって、一見私たちの時代に近いが、現実には遠かった。

ジェラールは過渡的な時代に属していて、大きな転換の瞬間に立ち会っていた。彼の証言は貴重だろう。しかし、私が経験したことに関して最も重要なのは、彼が私よりもずっと前から名声《フェイム》の「シャランジュ」番付に入っていて（彼の場合は「フォーブス」の番付にすら入っていた）、異常な領域にいたことであり、このことは彼が一種の知恵を持つことを可能にしていた。彼が最初に指摘したのは、最後には文学が常に勝つということで、ベルナール＝アンリがほとんど同じ言葉を用いてすでに言っていたことだった。彼らの言っていることは正しいとわかっていた。だがその最後がやって来るのは私の最期がやって来るのと同時ではないか？　たぶんそうなるだろうとますます思えてきた。私は人生をもはやそれほど好きでないが、人生を再び好きになろうと考えることはできた。

　それはともかく、ジェラールの実践的な助言は、書くことにもっぱら頼るのではなく、裁判も含めて、何も手放さないこと、力の限り戦うことだった。彼の言うことは正しいと

＊1　ギヨーム・ニクルー監督作品。フランスでは二〇一九年に公開された。ウエルベックとドパルデューがそれぞれ本人役で出演している。

＊2　米国の経済誌。世界長者番付を毎年発表している。

＊3　フランスの経済誌。フランスの長者番付を毎年発表している。

わかっているが、何をすればいいのかはよくわからない。私の弁護士はあらゆる材料を手中に収めている気がする。よくよく考えてみると、それは本当ではないと気づく。クリスチャン・アルベルディンク・ティムがゴキブリのために無償で働いていると自慢している、インスタグラムのメッセージを妻が発見したのは、つい数日前のことである。しかし、妻はインスタグラムを使うことができる。私が使えるのはせいぜいワープロソフト、というかその単純な機能だけである。控訴審は二日後に開かれる。上手くいく可能性は低い。

パリ、二〇二三年四月十六日

訳者解説

本書はMichel Houellebecq, *Quelques mois dans ma vie. Octobre 2022 - Mars 2023*, Flammarion, 2023の全訳である。『素粒子』（一九九八年）や『服従』（二〇一五年）といった問題作で読者を挑発しつづけ、いまやフランスで最も注目される作家となったミシェル・ウエルベックが、二〇二三年五月下旬に急遽《きゅうきょ》刊行した告白形式のエッセイである。ウエルベックは本書で、彼を「地獄」に突き落とした二つのスキャンダル――イスラムをめぐる発言と性的内容の映画への出演――について、自己弁護を試みている（実際には映画の話が大半を占める）。

一つ目の騒動の発端となったのは、雑誌「フロン・ポピュレール」に掲載された哲学者ミシェル・オンフレとの対談である。「フロン・ポピュレール」は、ミシェル・オンフレがジャーナリストのステファン・シモンの協力を得て二〇二〇年に創刊した季刊誌で、雑誌名は「人民戦線」を意味する。四十五ページにわたる二人の対談を収録した特別号は二〇二二年十一月末に刊行された。ウエルベックはこの対談の中で、イスラム教徒を犯罪者と同一視するかのような発言をしている。「私が思うに、いわゆる生粋のフランス国民の願い、それはイスラム教徒が同化することではなく、単に彼らが自分たちから盗んだり、自分たちに暴力を振るったりするのをやめること、要するに彼らの暴力が減ること、彼らが法を守り、他人を尊重することである。あるいは、他の良い解決策として、彼らが立ち去ることだ」（この発言は本書にも引用されているが、わずかながら異同がある。）また、別の箇所では、「逆バタクラン」という表現を用いて、フランス国内のイスラム教徒がテロの標的になる可能性や、イスラム教徒とのあいだに内戦が始まる可能性を、あくまで仮定の話としてではあるが、論じている。これらの発言は、雑誌刊行後、瞬く間に「炎上」した。

そして、十二月二十八日、フランス最大のモスクのひとつである「グランド・モスケ・

ド・パリ」が声明を発表。ウエルベックの発言はイスラム教徒に対する憎悪を煽《あお》るものであるとして、作家を提訴すると表明した。ウエルベックの対応は早かった。フランスの大ラビであるハイム・コルシアの仲介を得て、年明けの一月五日、グランド・モスケ・ド・パリの院長であるシェムス＝エディヌ・ハフィズと面会を実現。シェムス＝エディヌ・ハフィズはウエルベックの謝罪を受け入れ、提訴を取りやめると発表した。また、ウエルベックは時を同じくして、問題となった発言に自ら手を加えた「修正版」を週刊誌「ル・ポワン」に掲載した。本書にも同じく「修正版」が収録されているが、これは「ル・ポワン」に掲載された文章に作家自身がさらに筆を加えたものである。ところが、これで一件落着とはならなかった。二〇二三年一月十三日、イスラム団体「フランス・モスク連合」が、ウエルベックの発言は、差別、憎悪、暴力を煽るとして、作家を提訴したのだ。

　そもそも、イスラムをめぐる発言が原因でウエルベックが訴えられるのは、これが初めてではない。作家自身が本書の冒頭で振り返っているように、二〇〇一年、小説『プラットフォーム』の刊行時に、文芸誌「リール」のインタビューで「一番馬鹿な宗教、それは何と言ってもイスラム教だ」と発言して、翌年訴訟を起こされている。裁判では無罪を勝ち取ったが、この一件はメディアで大きく報道され、小説の内容と相まって（『プラットフォーム』では二〇〇二年のバリ島爆弾テロ事件を予言するかのようなイスラム過激派のテロが描かれる)、「イスラム嫌悪」の作家というイメージが定着した。この「イスラム嫌悪」の問題は、二〇一五年、『服従』の刊行時に、再びメディアを賑わすことになる。『服従』はイスラム政党の候補がフランスの大統領になるというセンセーショナルな筋立ての小説で、刊行日にシャルリー・エブド襲撃事件が起きたことも手伝って(しかも同日発売の同紙一面にはウエルベックの戯画が掲載されていた)、喧々囂々《けんけんごうごう》の議論を巻き起こした。一部の批評家からは憎悪を煽る小説であるとして厳しく非難されたが、「イスラム嫌悪」という言葉で単純にくくれるような小説でないことは、強調しておきたい。作者自身が本書の冒頭で主張している通り、『服従』は「徹底して曖昧な小説」である。

ウエルベックとイスラム教をめぐる問題は根深く錯綜している。しかし、この問題は本書の中心的な話題ではない。雑誌での発言が引き起こした一連の騒動は、言うなれば、地獄への序章に過ぎない。ウエルベックが本当に地獄に落ちるのはこれからだ。

二〇二三年一月二十四日、「キラク27」と題する映画の予告編がインターネット上で公開された。予告編を制作したのは、オランダの映像作家ステファン・ルイテンベークが率いる、キラクKIRACというグループ。ちなみにこの名称はKeeping It Real Art Criticsのアクロニムに由来している（Keeping it realは英語の俗語表現で「自分らしく生きる」といった程度の意味）。キラクは二〇一六年からオンライン上で映像作品を発表しており、「キラク27」はその二十七作目にあたる。

　予告編には、上半身裸のウエルベックが、ベッドの上で若い女性を抱きしめ、接吻する姿が映されていた。その他にも、ベッドに座って女性と楽しそうに談笑する様子や、不機嫌そうな顔で煙草に火をつけるところも、映されている。また、予告編には、ステファン・ルイテンベークの声で、ナレーションがつけられていた。それによると、ウエルベックはモロッコへ新婚旅行に行く予定だったが、イスラム過激派に誘拐されるのを恐れて、旅行を中止したという。彼の妻は一か月間かけて現地の娼婦を手配していたが、全部台無しになってしまったということだった。ナレーションはさらにつづく。ルイテンベークはウエルベックに、有名作家と寝たがっているアムステルダムの女の子をたくさん知っているから、もしすべて撮影させてもらえるなら、彼のためにホテルを用意しようと、伝えたという。最後に、「二〇二三年三月十一日オンライン公開」という字幕が表示されて、一分四十四秒にわたる予告編は終わる。

何の前触れもなく、突如として出現した映像に、人々は驚き、そしてあきれた。メディアでは面白おかしく取り上げられ、ウエルベックは、フランス中の、いやヨーロッパ中の笑い物になった。六十代の作家が性的内容の映画に出演するというのだから、当然といえば当然の反応だろう。今回、ウエルベックの対応は少し遅く、二月七日になってようやく、映画の公開を中止させるために必要な法的措置を取ると、弁護士を通して発表した。そして、法廷での闘いが始まった。三月三日、パリの裁判所はウエルベックの訴えを管轄外として却下し、闘いの舞台はオランダの法廷に移されたが、三月二十八日、アムステルダムの裁判所は、映画の公開禁止を求める作家の訴えを棄却した。その一方で、三月十一日に予定されていた映画の公開は、キラク側の都合で延期された。

判決のあと、ウエルベックは控訴した。しかし、本書は控訴審を二日後に控えたところで終わっており、そのあとのことは記されていない。いったい、控訴審ではどのような判決が下されたのか。本書はフランスで二〇二三年の五月二十四日に刊行されたが、実はその約一週間前、五月十六日に、控訴審の判決が下されている。判決の内容はというと、映画の公開禁止はやはり認められなかったが、ウエルベックに対して、公開前に映画を見て、修正を求める権利が認められた。キラク側が修正を拒否した場合、ウエルベックは再び提訴できるという。キラクは公開予定日の四週間前にウエルベックに映画を見る機会を提供しなければならない。キラクが判決に従わなかった場合、二万五千ユーロの罰金を科される。判決を受けて、五月二十六日に予定されていた映画の公開は再度延期された。この判決はウエルベックの部分的な勝利と言っていいだろう。本書は悲観的な展望で終わっているが、本書がフランスで刊行された時点で、ウエルベックはすでに控訴審の判決を得て、少なからず安堵した気持ちでいたわけである。「何も手放さないこと、力の限り戦うこと」というジェラール・ドパルデューの助言はやはり正しかったと言えるだろう。なお、二〇二四年四月現在、映画本編はまだ公開されていない。

　さて、フランスのメディアを大いに騒がせたこの一件だが、実際のところ、何が起こったのだろうか。とりあえずウエルベックの話を信用しておくと、まずはパリで二〇二二年十一月に、ウエルベックとその妻、そしてジニ・ファン・ローイェンというオランダ人女性の三人でセックスして、それをルイテンベークに撮影してもらったという。つづいて、十二月下旬、今度はアムステルダムで、ウエルベックはイザ・モルマンという別のオランダ人女性とセックスして、それをまたルイテンベークに撮影してもらうことになっていた。ところが、今回は上手くいかず、相手を他の女性に代えても駄目で、最後は喧嘩別れに終わったという。予告編で使用されているのは、アムステルダムのホテルで撮影された映像の一部である。予告編の公開後、ウエルベックとしては、映画の本編にパリで撮影された映像が使用されることを、特に恐れていたようだ。なお、予告編のナレーションにでてくるモロッコの新婚旅行の話は、ウエルベックによればまったくのでたらめらしい。

　それにしてもなぜ、ウエルベックはこのような自暴自棄とも言える振る舞いに及んだのだろうか。この一件はおそらく、二〇二二年のノーベル文学賞と無縁ではない。この年、英国の賭け屋の予想では、ウエルベックが最有力と目されていた。しかし、実際に受賞したのは、フランスの女性作家アニー・エルノーだった。フランスの作家が同賞を受賞するのは、二〇〇八年のル・クレジオと二〇一四年のモディアノにつづいて、今世紀に入ってからすでに三人目である。同国の作家が受賞したことで、今後数年間、ウエルベックが受賞する可能性はほぼなくなった。エルノーの受賞が発表されたのは二〇二二年十月六日。このニュースがウエルベックを自暴自棄な振る舞いへと駆り立てたのではないか。本書には「二〇二二年十月-二〇二三年三月」という副題がつけられているが、「わが人生の数か月」とはまさにエルノーの受賞発表を起点にしている。もっとも、本人は本書刊行時のインタビューで、ノーベル賞のことを質問されて、もともと受賞するとは思っていなかったからと、影響関係をそれとなく否定しているが。
ちなみに、エルノーは受賞発表後のインタビューで、ウエルベックではなく自分が受賞するほうがいい、彼は反動主義者でアンチ・フェミニストだからと、述べている。まるで、自分が受賞したことよりも、ウエルベックが受賞しなかったことを喜んでいるかのようだ。

本書では以上二つの騒動が主として語られているが、著者自身も認めている通り、脱線がかなり多く、読者によってはむしろ脱線のほうを面白いと思う人もいるかもしれない。特に、ところどころ差し挟まれる自作解題は、ウエルベックの愛読者には必読である。たとえば、最新作の『滅ぼす』（二〇二二年）に限っても、この小説を書くことで舌癌への恐怖を「悪魔払い」しようとしていたことや、この小説の最も美しい章のひとつがテオドール・フォンターネの小説に想を得たものであることなど、さまざまな楽屋話が披露されている。

また、目下最大の関心事であるらしい、安楽死についての記述も見逃せない。ウエルベックは以前から安楽死には明確に反対の立場を表明していたが、本書では「安楽死は、存続に値する文明とそうでない文明を本当に分ける、数少ない主題のひとつだ」とまで言い切っている。現在、フランスは安楽死容認へと大きく舵を切りつつある。ウエルベックが作家としてこの問題にどのように向き合うのか、今後も目が離せない。

その一方、本書の記述には、首を傾げざるをえないものも多い。レイプ被害者についてのくだりは、やはり書かないでおいたほうがよかったと、個人的には思う。また、動物のあだ名についても、「ゴキブリ」はともかく、「メス豚」や「七面鳥」といった呼び名には女性蔑視的な響きがあり（フランス語で「七面鳥」を意味するdindeには「愚かな女」や「うぬぼれの強い女」という意味もある）、読んでいてあまり気持ちのいいものではない。

しかし、そのあたりを差し引いても、本書は読み物として抜群に面白い。ウエルベックが抱えた二つの災難は、言ってしまえば、身から出た錆で、あまり同情する気にもなれないが、それをひとつの物語に仕立て上げる作家の筆力はさすがとしか言いようがない。構成も一見してルーズなようでいて、よく読むと意外と周到に組み立てられていることがわかる。ウエルベックの愚かな振る舞いにはあきれるほかないが、人間のどうしようもない愚かさに触れることのできる、類いまれな一冊である。

最後に、本書で話題になっているギヨーム・ニクルー監督の映画について、少し触れておきたい。カリブ海に浮かぶ仏領グアドループの島で一か月間かけて撮影されたこの映画は、フランスでは二〇二四年三月に公開された。タイトルは「ブランシュ・ウエルベックになりきって（*Dans la peau de Blanche Houellebecq*）」。ギヨーム・ニクルーがウエルベックを主演に迎えて映画を撮るのは、「ミシェル・ウエルベック誘拐事件」（二〇一四年）と「タラソ」（二〇一九年）につづいて、これが三本目であり、すべての作品でウエルベックは本人役で出演している。本作で、ウエルベック演じるウエルベックは、自分の「そっくりさんコンテスト」に立ち会うために、グアドループを訪れる――。この筋立てで面白くないわけがない。日本での公開に期待したい。

翻訳にあたって、他の作品からの引用については、既存の訳を適宜参考にさせてもらった。特に、ボードレールの詩「地獄堕ちの女たち　デルフィーヌとイポリット」と『悪の華』の初版でエピグラフとして使用されているテオドール・アグリッパ・ドービニェの『悲愴曲』第二篇に関しては、阿部良雄の訳を借用したことをお断りしておく。ただし『悲愴曲』第二篇の訳については旧仮名遣いを新仮名遣いに改めた。

河出書房新社の島田和俊さんに本書の翻訳を提案していただいたのは、野崎歓氏と齋藤可津子氏と共訳で取り組んだ『滅ぼす』の校正刷りがようやく手元を離れた頃だったと記憶している。前作の余勢を駆って、というよりは、毒を食らわば皿までというつもりで、お引き受けした。読者にもウエルベックの「毒」をたっぷり味わってもらえれば本望である。島田さんには、『滅ぼす』につづいて、何から何までお世話になった。記して感謝したい。

二〇二四年四月

木内尭

著者略歴

ミシェル・ウエルベック

Michel Houellebecq

1956年生まれ。1998年、長篇『素粒子』が大ベストセラーとなり、世界各国で翻訳・映画化される。現代社会における自由の幻想への痛烈な批判と、欲望と現実の間で引き裂かれる人間の矛盾を真正面から描きつづける現代ヨーロッパを代表する作家。小説に『ランサローテ島』(2000)、『プラットフォーム』(01)、『ある島の可能性』(05)、『地図と領土』(10、ゴンクール賞受賞)、『服従』(15)、『セロトニン』(19)、『滅ぼす』(22)など。エッセイに、『H・P・ラヴクラフト　世界と人生に抗って』(1991)、『ショーペンハウアーとともに』(2017) など。

訳者略歴

木内尭(きのうち・たかし)

1983年生まれ。東京大学大学院博士課程単位取得退学、パリ第八大学博士課程修了。現在、名古屋外国語大学准教授。共著書に『フローベール文学と〈現代性〉の行方』、共訳書に、ウエルベック『滅ぼす』など。

わが人生の数か月　2022年10月 — 2023年3月

2024年５月20日　初版印刷
2024年５月30日　初版発行

著　者　ミシェル・ウエルベック
訳　者　木内尭
装　丁　鈴木成一デザイン室
発行者　小野寺優
発行所　河出書房新社
〒162-8544 東京都新宿区東五軒町2-13
電話　03-3404-1201〔営業〕
03-3404-8611〔編集〕
https://www.kawade.co.jp/
組　版　株式会社創都
印　刷　モリモト印刷株式会社
製　本　加藤製本株式会社

Printed in Japan
ISBN978-4-309-20906-7